JN044958

パブリックスクールのジュリエット
Aya Yuzuki
弓月あや

CB
CHARADE BUNKO

Illustration

蓮川愛

CONTENTS

パブリックスクールのジュリエット

1

「えー……と。――なんど見ても、馴染(なじ)めない」

八月が終わろうという、まだ暑い時期。

堂島蓮來(どうじまはく)は最寄り駅から乗ってきたタクシーを降りた。

そして目前に広がる道を見て、溜息(ためいき)をつく。

倫敦(ロンドン)から列車に乗って三十分ぐらい。そこから車で十五分。なだらかな丘陵の先に、小さく建物が見える。その風景を見つめて、蓮來はうんざりと呟(つぶや)く。

「……遠すぎる」

まだ十六歳だというのに、若さがない一言が洩(も)れた。

ここは英国(イギリス)。倫敦郊外に建てられたバロウズ校。

英国有数のパブリックスクールだ。

世界屈指の名門校は、重厚な建物と広大な敷地とで、来る者を迎えているようにも、拒んでいるようにも見える。

蓮來が丘陵を歩き続けていると、いつの間にか学校の敷地に足を踏み入れていた。この学校は、正門が存在しないのだ。

石造りの外観は、まるでお城だった。

おまけにこの学校は制服がブレザー以外にもあって、それが燕尾服(テイルコート)なのだ。

日本人には馴染みのない紳士の正装を思うと、どっと疲れが増す。季節は暑さが真っ盛りの時期だから、無理もない。

蓮來だって、この学校に編入が決まったから、一通りの制服は準備してある。送った荷物の中に、その服が入れられていた。

バロウズ校に編入するため、何度も試験や面接があった。

そのたびに学校を訪れてはいたが、いざ本当に入るとなると、広大な敷地や歴史ある建物が落ち着かない。つくづく庶民だと哀しくなる。

「こんなところに入りたくない。いや、日本の学校だって同じか。同じだよね」

ブツブツ文句を言いながら、生まれ育った日本で通っていた都立高校を思い出して、また深い溜息が出る。深刻な顔をしてしまうのは、蓮來の悪い癖だ。

「学校がキライなんだもん。仕方ないよ」

どこまでもネガティブなことばかり考えてしまう。

別に、いじめられてなかったし、孤立してもいない。

ただ、学校とか先生とか同級生に心を開くことは一度もなかった。でも、理由もなく疲れ果ててはいた。

やれやれと思いながら、歩を進める。今日から、ここが自分の学び舎になるのだ。腹を括っていくしかない。

先日、聞いたばかりの声がよみがえる。

『喜べ。お前を学校に通わせてやる。ただの学校じゃない。英国でも名門中の名門、バロウズ校だ』

高圧的な物言いは、蓮來の実の父親だという男だ。

『ハイスクールに通っている男子というが、貧相な子供だ。期待して損をした』

ジロジロと無遠慮に蓮來を見つめた男は、大柄と大声が雑な感じだった。

『子供の放置は体裁が悪い。だから認知してやったし、実子と同じパブリックスクールに通わせるんだ。美談じゃないか』

自分がいかに心が広いかと、まくしたてている男。それが蓮來の父親だった。

男の名は、オリバー・エバンス。英国の大手商社で重役を務めている人。

蓮來は五歳の時に唯一無二の家族である母親を喪い、養護施設で育った。

亡くなった母は独身だったが、男は妻帯者。不倫だ。しかも彼女の妊娠がわかると、さっさと帰国してしまったという。

男は英国で結婚していて、相手は彼の勤める商社のご令嬢。蓮來の母とは遊びだった。

『オリバーったら、ひどいの。蓮來ちゃんの妊娠を知ったら、ママのこと化け物みたいな目で見たのよ。あれは傷ついたわぁ』

あっけらかんと鈍い傷の話を、隠さなかった母。

子供の蓮來はうんうんと頷いてはいたが、何を話しているか、さっぱり理解できていなかった。幼児なので、それも当然である。

母は父との赤ん坊など、堕胎することもできた。だが一人で出産に臨み、無事に蓮來を産み落としてくれたのだ。

『蓮來ちゃんは、ママの宝物。ママの宝石よ』

歌うように言う彼女のことが、蓮來は大好きだった。

だが母は、あっけなく事故で亡くなってしまった。

それから蓮來は養護施設に引き取られ、ひっそりと生きてきた。その間、父親である男から連絡はなかったから、生きているなんて思いもしなかった。

実の子供がいるとわかっていながら、十年以上も認知も養育も放棄していた。それだけでも非人道的なのに、詫びることもしなかったのだ。

(ずっと夢に見ていたお父さんというのは、こんな人なんだ)

施設は天涯孤独の子供だけが来る場所ではない。親に事情があるため、一時預かりにされる子も多い。子供たちは親が迎えに来ると、しがみついて離れない。そんな光景を、蓮來は何回も見た。

見るたびに、言いようのない空虚さに包まれた。

(おかあさん、いいな。おむかえ、いいな)

誰も自分を迎えに来ない淋しさ、寄る辺なさ。オリバーはその孤独を理解して、迎えに来たわけじゃない。

自分の都合で、蓮來を認知したのだ。

『私の出世を妬んだ奴らが、身辺調査をしている。煩わしい限りだ』

父親は、いないものとされていた。だが、ある日いきなり存在を知らされた。

『妻は私が勤務する商社の、会長令嬢だ。そのせいで私の昇進は、結婚の恩恵だと陰口を叩かれる。妬まれるのは鬱陶しいし、どこで足をすくわれるか、わからんからな』

オリバーは現在の妻に対して詫びるどころか、彼女を利用して昇進しても、悪びれることがなかった。

『いいか、お前を認知し引き取るのは、愛情からではない。あくまで私の評価のためだ。お前とお前の母親は、忌まわしい醜聞なんだからな』

(ぼくのお父さんは、人間として最低だ)

母と死別した時の蓮來は、まだ幼かった。だが、それでも彼女のことは憶えている。明るくて優しくて、いつもいい匂いがしていた。

その母のことを、醜聞と言われて硬直した蓮來に、男はたたみかける。

『自覚を持ち、私の迷惑になる行動はするな。成績が落ちることも許さない。そもそもお前ができた時に堕胎しておけば、こんな手間はかからなかった』

亡くなった母親を侮辱する言葉を聞いても、蓮來は何も言えなかった。それは本当に自分なんかに価値がないと、思い知っていたからだ。

施設で過ごした長い夜。無機質な部屋の中で、ほかにも入所していた孤児たち。おのおの布団の中に潜り込みながら、誰もが淋しさと戦っていた。

『名門で学び、しかるべき大学に進学して主席で卒業しろ。そして弟と競って、優秀なところを示せ。優れているほうを、後継者として認めてやる』

あの時の、嘲笑する声。本妻であるパメラの戸惑った顔と、異母弟の睨みつける顔。父親は完全にこのゲームを、面白がっていた。

どうして人を焚きつけて、笑えるのだろう。

そう考えながら、自分には帰る場所も待っている人もいないと、改めて思い知る。日本に帰っても、また施設に逆戻りするだけだ。

(――――お母さんが生きていてくれたらなぁ)

自分でも幼稚だと思うが、心細くなると思い出すのは母のことだ。

施設は十八歳になると、出なくてはならない。社会に放り出されて、たいした学歴もない孤児が、いったい何をして食っていくのか。

（いや、お母さんのことをいま思い出しても、どうにもならないのに）

自分はここにいるしかない。親は、いないも同じ。だから必死にならなくちゃ。

たとえ誰にも歓迎されていないどころか、憎まれている立場だとしても。どれほど父という男の言動にゾッとしていても。

生きていくため、我慢しなくてはならないんだ。

蓮來が慣れない煉瓦道を歩いていると、背後から低くて通る声に呼び止められた。

「失礼。見学の方ですか」

最初は自分にかけられた声とは思わず、歩き続けようとした。

「そこのきみ。見学でしたら、受付を通っていただきたいのですが」

振り向いて、我が目を疑い言葉を失う。目の前にいるのは、あまりに眩い容姿の青年だったからだ。

（すごい。脚が、めちゃくちゃ長い。かっこいい。モデルみたい……っ）

英国に来て、空港や街中で何人も美形を目にした。

アジア系の人間とは違う、完璧な骨格。整った造形。溌剌とした表情。そのどれもが、日本人にはない完璧さ。テレビや映画で見慣れているはずなのに、実際に見る欧米人の美しさは、呆気に取られるほどだ。

しかし目の前の青年の容姿は、群を抜いていた。

整った顔の造作だけでなく、きらきらと輝く碧（みどり）の瞳。それを縁どる長い睫（まつげ）。通った鼻筋に形のいい唇。燕尾服を着ているので、この学校の生徒だろう。

（綺麗（きれい）だなー……）

しばらくボーッと見つめて、すぐに何を見惚（みと）れているんだと我に返る。

「何か？」

まじまじと凝視した後の百面相。さぞや珍妙だったろうに、青年は優雅に微笑（ほほえ）むばかりだ。恥ずかしくなり、思わず赤くなった。

「い、いえ。ぼく、見学者じゃないです。今日から、ここに編入します。あなたはここの学生ですよね」

「そうです。きみは編入生ですよね。ではアルプスの子だ」

「アルプス？」

知らない単語に、ドキリとする。日常会話は、なんとかできる。だが、込み入った会話は、まったく無理だった。

「バロウズ校のハウスは、八棟あります」

「ハウス？」

「ああ、パブリックスクールでは寮のことを、ハウスと呼びます。当校だけでなく、どの学校も同じらしいです。先ほど言った八棟のハウスのうち、アルプスに属しているのは六

棟です。英国籍の子息と外国からの留学生、大企業などの子息が入ります」

「残りの二棟は、なんなのですか」

「少数ですが特別な階級……、例えば英国貴族や、外国の王室や貴族の子弟、それに当校総代が対象の、すごく小さな集まりです。彼らはアーテルといわれています」

「小さな集まりって、だって貴族とか王室の人って、どう見ても少数派ですよね」

「まぁ、そうですね。少ししかいないのに、わざわざ区分けするのも変な話です。それより、きみ、寮長先生(ハウスマスター)の名前はわかりますか」

寮長先生。舎監のことを、親しみを込めてそう呼ぶ。蓮來にもその知識はあった。

「はい。ハリル先生です」

「なるほど。ハウスがわかりました。こちらです」

どうも彼は、その少数派が気に障るらしい。穏やかな口調なのに、棘(とげ)を感じる。蓮來は話を逸(そ)らすことにする。

「アルブスとかアーテルとか、初めて聞く言葉ですが、英語ですか」

「ラテン語です。アルブスは白。アーテルは黒。単純でしょう？」

「――――あはは」

（もうやだ。ラテン語ってナニ？）

それを単純と言ってのける人間が、当たり前にいる世界。そして蓮來は嫌なことに気づく。この学校の生徒にとってラテン語は、日常言語なのだろうか。

「あの、もしかして、この学校はラテン語の授業があるとか」

「はい。必修科目です。編入学試験にもラテン語はあったでしょう？　あっ、そうか。きみは外国人だから、免除されたんですね」

（えええ……っ）

目の前が真っ暗になった。英語ですら日常会話がやっとなのに、この上ラテン語。なんのために、そんな科目が必要なのか。

戸惑いは顔に出ていたらしく、青年は口元に微笑みを浮かべている。

「とても困った顔をしていらっしゃる」

「困っているんです。だって、日常会話でラテン語なんて使わないでしょう」

思わず泣きごとを言ってしまうと、彼は優美な表情を浮かべた。

「確かにラテン語は、日常で使うことはありません。もともとは中世から近代にかけてヨーロッパの上流階級の共通言語でした。それで現代に引き継がれているんです」

「壮大すぎて、ぼくには難しいです」

「それほど複雑に考えなくても大丈夫。文化を継承する意味で必要なのがラテン語です。ほら、子供の頃に仲間同士だけ通じる言葉や、暗号があったでしょう。あれだと思ってください。簡単でしょう？」

真面目に言われたけれど、日本人の蓮來にはわからない感覚だ。

(先が思いやられる……)

蓮來は返答のしようがなくて、適当に笑って誤魔化した。この場を離れたら、彼はもう二度と会わない人だろう。そう思えるぐらい、校舎も敷地も広かった。

なんとなく気まずくなって、どうでもいい疑問をぶつけてみる。

「あの、まだ夏休みの最中なのに、燕尾服を着なくてはいけないんでしょうか」

「これは当校の美術ソサエティに、外からのお客さまをお招きしたからです。義務ではありませんが、礼儀として着用しています」

学生なのに、お客さまをお招きしてとか、礼儀のために着る燕尾服とか。もう、世界が違いすぎる。

蓮來が首を傾げていたら、彼が教えてくれた。それに美術ソサエティとは、なんだろう。

「教員や外部の専門家を招き講演を行ったり、博物館や美術館を訪問したりする会です」

蓮來は、ますます自分との縁遠さを感じた。

「そうなんですか。……あの、この学校はどうして、燕尾服も制服なんですか」

制服として定められているのは紺のブレザーとグレンチェックのズボン。白いワイシャツ。それに体操着。タンクトップは不可。生徒はどの制服を着てもいいと言われていた。

もちろん体操着は運動前に限られる。

それから、もう一着。それが今、目の前の彼も着ている燕尾服だ。

何気なく訊(き)いてみると、まじまじと顔を見つめられる。変なことを言ったのか。

「制服が気になりますか？」

「ほかの人は知りませんが、ぼくの生活で燕尾服は珍しいです。特別な、例えば結婚式とか、宮中晩さん会のニュースとかに出てくる印象です」

「それでは、確かに珍しい部類に入りますね」

青年は少し首を傾げた。その姿は教養のない子供に嗜(たしな)みを教える、古くさい教師のようでもあった。

「すみません。ぼく日本でも英国でも、お金持ちと縁がない生活だったから」

「謝ることはありません。疑問は人を成長させるために、必要なことです。まず燕尾服に話を戻しますと、フォーマルが必須のシーンで、着ていた経験は必ず役に立ちます。立ち居振る舞いが違ってくるんですよ」

彼は何を訊いても、すぐに返答してくれる。これも、この学校の教育の賜物(たまもの)か。

だが蓮來自身そんな華やかな場に縁はないし、フォーマルを着る機会なんて、一生訪れることなどないのでは、と思っている。

だって自分は、孤児同然の立場だからだ。

（この人も、やっぱりお坊ちゃまなんだろうな。話がまるで別世界だ）

長身で、脚がすらっと長い。美形。プラチナブロンドで碧の瞳。しかも、お金持ちの家の子。自分と比べてみると、あまりにも正反対すぎて笑えてくる。

「————ですか？」

ふいに話しかけられて、ハッとして顔を上げると、件（くだん）の彼が背を屈（かが）めるようにして、蓮來を見つめているではないか。

「はははは、はいっ？」

「ごめんなさい。急に声をかけたから、驚かせてしまいましたね」

「いいえっ。ボーっとしてたぼくが悪いんです」

「荷物にスケッチブックが入っているから、絵を描かれるのかと思って、お伺いしたかったのです。そんな大きなサイズなら、やはり絵ですよね」

蓮來の荷物はトランクと、ナイロンのトートバッグ。ファスナーがないから、中に入れたスケッチブックが頭を出している。

「はい。下手の横好きですけど」

「素敵なご趣味です。よろしければ、見せていただけませんか？」

とつぜんのお願いに蓮來は、首を傾げた。

「は？　絵を見せる？　ここで？」

「はい。ここで」

「はぁ？」

なだらかな道の真ん中。夏休み中で生徒がいないとはいえ、絵を広げるような場所でもない。そんな蓮來の戸惑いを知らぬ小鳥が、軽やかに鳴いて頭上を飛んでいる。

（なんでこんなところで、絵を見たいんだろう……）

これは自分とは人種が違うからか。英国の国民性か。単にこの人が変わっているのか。自分が気後れしすぎているのか。

（……わからない）

知らずに冷や汗がダラダラ出てきた。とりあえずシャツの袖口でそれを拭い、深呼吸。それからスケッチブックを取り出して、広げて見せる。

「はい、どうぞ」

「ありがとうございます」

変だと思ったが、逆らわないでおく。面倒なのと、外国人なんて怖いからだ。

青年はボロボロのスケッチブックを開くと、丁寧にページをめくった。

そのあいだ、手持ち無沙汰だった蓮來は、先ほどから鳴いている小鳥を見つめた。

（小鳥さん。この人、危ない人かな。ぼく、ここでUターンして逃げたほうがいいと思う？　……いや、小鳥に運命を委ねちゃ駄目だ。自分で決めなくちゃ）

変な人と認定するには、彼の品のよさと洗練された話し方が引っかかる。青年は卑しからぬ立ち居振る舞いだった。

その彼は蓮來の絵を見て、感嘆の声を上げた。

「すばらしい。黒一色で描かれた絵なんですね！」

広げられた絵は、確かに墨一色。墨汁の濃淡だけで描かれている。賞賛の声を聞いて、蓮來はちょっと恥ずかしくなってしまった。

自分の絵は、日本画なんて高尚なものではない。単にお金がなくて絵の具が買えなかった。だから、墨汁だけで描いたのだ。

濃淡で描かれた鳥の絵は、のどかだと自分でも思う。だが、すばらしいと言われると、たとえそれが社交辞令でも悪い気はしない。

「水墨画なんていいものじゃないですけど、それと系統は一緒です」

「水墨画とは、黒いインクの絵ですよね」

「インクじゃなくて、墨、ええと墨汁を使う絵のことです。墨汁っていうのは……」

蓮來の拙い説明に青年は目を輝かせて、絵に見入りながら話に聞き入っていた。

相変わらず空は高く、小鳥はさえずっている。なんとも妙な一幕だ。

(ぼく、何をやっているんだろう、でも、興味を持ってもらえて嬉しい)

奇妙な巡り合わせだが、こんなふうに自作の絵を誰かに見せることも、興味を持ってもらうことも、何より喜んでもらえたのも初めてだったのだ。

「墨の濃淡だけで美を表現できるなんて、すごいですね」

絵の勉強どころか、養護施設でも学校でも、絵を描いていることは誰にも言わなかった。そんな蓮來の絵を、こんなにも喜んでくれている。

すごく幸せな気持ちだった。

「それ、前に描いたものなんですけど、よろしかったら、受け取ってください」

「え?」

返事も聞かないうちにスケッチブックを受け取ると、褒めてもらった絵をバリバリ破り取る。そしてハイと差し出した。

「いや、大切なものでしょう?」

「何枚でも描けますから。ぼくが持っていても、取り出して眺めるなんてことはしないし。それなら、喜んでくれる人に貰ってほしいです」

きらきら輝く瞳で見つめると、青年は困ったようだった。彼は絵が欲しいから、褒めてくれたわけじゃない。それはもちろん、蓮來にだってわかっている。

でも絵を褒めてくれたのは彼と、亡き母親だけなのだ。だが、戸惑った表情のままの青年の顔を見て、高揚していた蓮來の頭が醒める。

初対面の東洋人に、いきなり絵を押しつけられたら、迷惑以外の何物でもない。

蓮來の頰に血の気が上り、真っ赤になってしまった。

「あ、すみません。ご迷惑ですよね」

差し出していた絵を引っ込めようとした。すると彼は蓮來の絵に手を置いて、優しく微笑んだ。

「迷惑なはずがありません。本当にいただいても、よろしいのですか」

その言葉は嘘ではないらしく、彼の瞳は輝き、頬は紅潮している。

喜んでくれているのだ。

(すごい。この人の瞳は本当に綺麗だけど、今は宝石みたいに輝いている)

そもそも蓮來は実物の宝石なんて見たことはない。でも、想像ならできる。

きっと、湖か海底の水と同じ色をしているはずだ。煌めく魔力の石。彼の瞳と同じ、魔力を帯びた奇跡の宝玉。

「貰ってくれたら、本当に嬉しいです」

蓮來の言葉に青年は頷き、渡された絵をそっと抱きしめた。

「ありがとう。一生の宝物にしますね」

迷惑だろうに、そう言ってくれる彼の気持ちが嬉しかった。

なんとなく話すこともなくなって黙ってしまうと、青年も何も言わなくなる。二人は広い敷地を並んで、黙々と歩いた。

「ここを右に曲がった先の建物がハウスです」

物思いに耽（ふけ）っていた蓮來は顔を上げた。青年が建物を示してくれていた。自分は、何を惚（ほう）けていたのだろう。

「す、すみません。ありがとうございました」

慌てて頭を下げると、青年は困ったように笑う。だが彼は、すぐに表情を引き締めて、蓮來を見つめてきた。

「いいえ。困っている方のお力になれてよかったです。ああ、きみ、お名前を伺ってもいいですか」

「は、蓮來です。蓮來・エバンスといいます。よろしくお願いします」

「蓮來。――蓮來。響きが素敵だ」

歌うように呟いた後、青年は当たり前のように、右手を差し出してくる。握手だ。

そのとたん蓮來の背中に、イヤな汗が流れた。

だって自分は、他人に触ることも触られることもできないのだから。

「……すみません、ぼく、他人に触れられてはいけないと日本人の祖母に言われていて」

見たこともない祖母を持ち出して、嘘をついた。青年は、ちょっと驚いた顔をしている。

当然だろう。

「おばあさまが、そうおっしゃったのですか」

「は、はい。ごめんなさい。ぼくじゃなくて、祖母の言いつけで……」

「ああ、何か日本の宗教上の理由でもあるのでしょうかね」

「は、はい。日本の宗教では昔から言われていることでして」

嘘である。

自分で言い出しておきながら、いったいどんな宗教だと突っ込みを入れてしまった。しかし、なんとか場を丸く収めたい。気を悪くさせたくなかった。

だって、この人は蓮來の絵を褒めてくれた人。ぶしつけに差し出した絵を喜んで受け取ってくれた人だから。

「きみのルーツは、日本なんですね」

ハーフでもなく、ミックスでもない。ルーツという言葉に、彼の優しさを感じる。

社交辞令だろうけど、それでも嫌われたくないと思った。

彼は気にした様子もなく、あっさりと出した手を引っ込めた。

「では、どうぞ我が校での生活を楽しんでください」

彼はそう言うと、さっさと歩き出す。しかしすぐに、くるりとこちらを振り返る。そして長い腕を振ってくれた。まるで映画のワンシーンだ。

(楽しんでと言っても、この環境で日本人のぼくが、何を楽しめるんだろう)

きちんとした返答もできずに離れた彼に、ぺこりと頭を下げる。

まっすぐ前を見ていた蓮來は、青年がずっと見守っていたと、気づかなかった。

2

「よく来たね、蓮來・エバンスくん。合格おめでとう。これからは、よろしく」

ハウスに到着すると、すぐにハウスマスターのハリルが、寮の玄関口まで出迎えに来てくれた。その顔は、満面の笑みだ。

彼とは編入試験の後、入寮に際しての個人面談で会っている。その時、蓮來は自分の接触恐怖症を告白していた。

男子生徒が多数いる寮内で、これを言わずに生活できるはずがないと思ったからだ。これで不合格ならば、それで仕方ないとも思っての決断だった。

だが、ハリルは力強く頷いてくれた。

『よく告白してくれた。よほどの勇気が要っただろう』

思いもかけなかった言葉にビックリしていると、彼はさらに質問をしてくる。

『この学校に編入を希望しているのは、きみの意思かな。それとも親御さんの意向かね？きみの保護者のオリバー・エバンス氏は、ここの卒業生だ。十年生のイクス・エバンスは弟と聞いた。エバンス氏は、多額の寄付をしてくれている」

父が卒業生なのは承知していたが、寄付金の話は初耳だ。では、自分の編入にも、学校側は配慮しているだろう。

そうでなければ激しい競争率を潜り抜け、編入できるはずがない。考え込んでしまった蓮來に、ハリルはよく通る声で言った。

『誤解しないでくれたまえ。父上の寄付は、きみの合否に関係はない。それより恐怖症のほうが問題だ。確かに団体生活を送る上で、重大なストレスが溜まるだろう。だが、生活はできるし、学ぶこともできるのではないかな?』

その問いかけに、蓮來は反射的に、できますと答えた。

『日本では、通学していました。施設育ちだから、団体生活は慣れています!』

『繊細な見かけだが、頼もしいね。蓮來・エバンスくん』

そう言ったハリルは、ニヤリと笑った。

蓮來を認めてくれた彼と、晴れて合格して再会できた。これは素直に嬉しかった。

「ハリル先生、お世話になります」

蓮來がしっかりした声で挨拶すると、彼はうんうんと頷く。

「まずは寮生にハウスを案内させよう。当校は生徒の自主性を大事にしているから、生徒間でできることは任せているんだ。そうだ、リオンがきみの同室だな」

初めて聞く名前に首を傾げていると、ついておいでと言われた。

寮は三階建てで、与えられる部屋は二階だという。手すりに施されたアイアンワークが美しい階段を、ハリルは軽々と上っていく。

その後を、慌てて追いかける。だが現代っ子の悲しさで、すぐに息が上がった。

「さて、ここがきみの部屋だ。二人部屋だよ。今から紹介するのは、同室のリオンだ」

ハリルは早口で説明すると、さっさと扉を開けてしまった。

「リオン、失礼するよ。新しいルームメイトを連れてきた。蓮來、挨拶しなさい」

心の準備もできないまま、リオンという少年の目の前に連れていかれる。

さっき会った青年とは異なる、小柄な少年だ。服装はシャツにベスト、ズボンの夏服。

赤茶けたブロンドとソバカスがヤンチャっぽくて、チャーミングだと思った。

声をかけられた彼は座っていた椅子から立ち上がり、挨拶してくれる。

「リオン・スミスです。よろしく」

「蓮來・エバンスといいます。よろしくお願いします」

律儀に頭を下げると、リオンはニコッと微笑む。

「エバンスって、下級生にもいるなぁ。もしかして親戚？」

「イクス・エバンスは腹違いの弟です。ぼくは妾腹（しょうふく）の子ってやつ」

こういう話は、隠せば隠すほど不自然になる。真実を言ったから離れたり、陰口を叩くのはよくあることなので、仕方がないのだ。

しかしリオンは、まったく意に介していないふうだ。

「腹違いか。どうりで似てないね。まぁ、いいや。早速だけど、きみのベッドはここ」

教えてもらったベッドの足元には、先に送っておいたトランクが置かれている。その背後でハリルが「後は頼むよ」と言って、部屋を出ていってしまった。

「早い……」

あっさりというか、ドライというか。

心細くなってポツリと呟くと、リオンに笑われてしまって気まずさを覚える。

「ベッド、ロッカー、机は左側を使って。私服は部屋の中のみ」

「はい」

「この学校って、アルブスとアーテルっていう分類があるんですね」

「分類っていうか、まぁ、古き良き伝統みたいなものだよ」

「伝統？」

「集団生活の中でアーテルのような高嶺(たかね)の花がいるのは、いいことなんだ。自分たちには手が届かない、でもいつかは、自分たちもなれるかもしれない、憧れの、生徒たちの誇りの象徴。それがアーテル」

（高嶺の花って、楽しいものなのかな）

いつも人より一歩下がった場所にいた蓮來には、わかりづらい感覚だ。なぜかというと養護施設での生活は、心が萎縮するから。

そんなことを考えていると、リオンがじっとこちらを見ていた。

「どうかしましたか？」

「きみ、なんだかお姫さまみたいだな」

さすがに呆気に取られてしまった。

「それって、男らしくないって意味で？」

「そうじゃなくて、東洋の姫君っていいか、繊細で頼りなさそうな感じ」

褒めているのか貶しているのか。真意は摑めないけれど、ハリルが彼を信頼しているのは見て取れたので、自分もそれに倣うことにする。

「ぼくは姫君じゃないです」

おとなしいと決めてかかっていた相手が反論したので驚いたのだろう、リオンは、目を見開いている。

「本当なら、こんなお坊ちゃま学校に通える身分じゃありません。日本にいた頃は、養護施設にいました。あなたと口もきけないぐらい、貧富の差がありますす」

優しげな顔をしてツケツケ言ったので、ちょっと意外そうな顔をされる。

「姫君は気に障った？」

「いいえ。でも、いきなり女子扱いされるのは、ちょっと困ります」

異星人と遭遇した顔で、リオンはまじまじと蓮來を見つめている。

「自分で貧しいと自己申告するぐらいの経済状況なのに、パブリックスクールなんて費用のかかる学校に、どうして進学することになったんだ?」

好奇心旺盛な疑問に、隠し立てする気はない。そもそも自分が水を向けたのだ。

さらに開き直って、本当のことを話す。

「父親が英国人で、大手商社の重役だったんです。ぼくを引き取ったのも社内で内部調査が厳しくなったから、足をすくわれないためと父は言っていました。ぼくは醜聞だからって。外聞をよくするため、パブリックスクールに進学させたんです」

「なるほどね」

「イクスは父と本妻の子供です。弟はぼくを憎んでいます。財産を乗っ取られると思っているかもしれません。ぼくは、そんなつもりはないけど」

普通ならば羨望の的であるパブリックスクールに入学しておいて、この言い草。ほかに生徒がいたら、ボッコボコにされるところだろう。

「要するに、ここに来たのは親の意向で、きみの意思ではないんだ」

赤裸々な実話に、どう反応していいのか。リオンは困った顔をした。その困った顔を見て、蓮來はなんでも言えばいいものでないと悟る。

「ごめんなさい。いきなり率直すぎました」

「……いや。訊いたのは、ぼくのほうだから」

なんとも微妙な空気だ。その気まずさを破ったのは、リオンだった。

「まぁ、いいや。どこの家庭も事情はある。きみだけが特別じゃない」

そう言うと彼は右手を差し出してくる。とたんに蓮來の身体(からだ)が固まった。

「……あの、悪気はないんですけど、ぼく人に触るのも触られるのもダメで」

「今度は、どんな剝きだし事情だ」

「ちょっと面倒くさい話ですが……。続けていいですか?」

そう確認しながら上目遣いに見つめると、リオンはとつぜん、キーッと怒った。

「これ以上の面倒は嫌だ! 夜の食事が喉を通らない!」

そう言うと彼は隣のベッドの下に押し込んであった、スーツケースを引きずり出す。そして中から、ジンジャーエールの缶を取り出し、一本を蓮來に手渡した。

「飲みたまえ! でも、ハリル先生には内緒だ。寮内での買い食いは厳禁だからな」

びっくりした。あまりに唐突だったからだ。

だが、これは彼なりの歓迎なのだ。

「これからの生活の中で必要な礼儀作法、生活や食事のマナーも教えてやる。きみがまずいことをしそうなら、ぼくが唇に人差し指を当てる。それで気づけ」

乱暴だったが、彼はこの学校で過ごすためのマナーを教えてくれるというのだ。

「すごく嬉しいけど、でも、どうしてぼくに、そこまでしてくれるんですか」

「鈍くさいな。それは、きみの性格か？　それとも日本という国の国民性か？」

どんどん遠慮がなくなるらしく、彼は蓮來を睨みつける。

「ぼくはハリル先生に、きみのことを頼まれた。きみは異国から来て、言葉もおぼつかない。きみは初めての場所で不安だ。ぼくは、おせっかいだ。それと、きみが気に入った。さぁ、どうだ。これだけ理由があれば、きみに構うのに充分だろう」

「あ、ありがとうございます」

「そもそも、その敬語だ」

ビシッと指をさされて、蓮來は目を丸くする。

「敬語が、なんでしょう」

「よそよそしい。別に馴れ馴れしくしろとは言わないけど、ぼくらは同じ年なんだから、長ったらしくしゃべるのはやめたまえ」

立て板に水の勢いで話されて、ヒアリングするだけで精一杯だった。

「ぼく、英語が母国語じゃないから、聞き取るのに必死なんです。無礼があったらお詫びします。ごめんなさい」

目を白黒させながらそう言う蓮來に、リオンは口元だけで笑った。

「この国は紳士の国だ。紳士は、困っている人を見捨てたりはしない」

ここまで言われたら、さすがに感動する。思わず彼の顔をじっと見つめた。

「リオン、ありがとう」

そう言うと彼は困った表情を浮かべながら、天を仰ぐ。

「なんだよ、そんな顔は反則だ。とりあえず乾杯！」

そんな顔とは、どんな顔をしていたのか。首を傾げる蓮來にかまわず、彼は持っている缶をゴンとぶつけてきた。

「ようこそ、バロウズ校へ。きみを歓迎する！」

もう一度、缶をぶつけ合ってから、お互いグイグイと炭酸を飲む。常温で保管されていたから、ぬるくて甘ったるい。だけど。

だけどそれは、今まで飲んだどの飲み物より、最高においしかった

□□□

養護施設にいた頃、臨時の職員に暴力を受けていた。

そいつは幼児を見て興奮し、暴力という形で性欲を発散させる、気持ちが悪い男だ。蓮來はその男が大嫌いだった。

粘つく目で蓮來を見つめ、何かと因縁をつけては躾（しつけ）と称して体罰を加える。何度も叩かれ髪をむしられ、頭をかかえて部屋の隅へ逃げた。

泣いて逃げ惑う子供を見て興奮する最低な男は、その姿を見ながら自慰行為をして、射精するような変態だった。

蓮來は幼なすぎて、性欲の意味などわからなかった。だが、顔に向けて精液をかけられた時は、気持ち悪くて吐いた。

好き放題していた男は、ほどなくほかの職員に蓮來を殴っている現場を見つかり、警察に連れていかれたが、蓮來は幼かった心に深い傷を負った。

この事件で人が怖くなったし、気持ち悪くなってしまった。思い出すと蓮來は嫌悪と恐怖で、今でも身をよじる日々が続いている。

これが蓮來の、接触恐怖症の理由だ。

それから、その職員はすぐにいなくなった。後から聞いた話では、なんでも以前の職場でも、子供に手を出していたらしい。噂(うわさ)で蓮來の耳にも入った。

それから人に触られるのが恐いという、後遺症が残った。

怖くて、悔しくて、悲しくて、絶望して涙が止まらない。

そして蓮來は心の中の、悍(おぞ)ましい記憶を匣(はこ)にしまい込む。

そうしないと、生きていけないからだ。

「授業が始まっていないから、案内をするのに適している」

リオンはそう言うと、広い構内を案内してくれる。広大な敷地の中には、八棟もの寮があった。それをハウスという。

ハウスには各々(おのおの)の寮長先生がいた。ハリルも、その一人。

「ちゃんとした案内は、ハリル先生が改めてしてくれる。だから今日のところは、最低限のところだけ教えとくね」

そう言って食堂や校内の教室、カレッジホール、寮の中にある共同のシャワー室を案内してくれた。これでも一部だと言う。

「いきなりぜんぶ回ったら混乱するから、今日は一部だけな」

「もう充分、混乱してます」

そう言うと「まだまだ回るところがあるんだけど」と快活に笑われる。

そろそろ疲れてきた頃、寮に戻ろうかとありがたい提案をされた。

とにかく、敷地が広大なのだ。大きな林に囲まれた煉瓦造りの校舎と、八棟もの寮。いったい、何人の学生がいるのか。

それを口に出すと、リオンは事もなげに言った。

「学校にもよるけど当校は五年制だから、十三歳から十八歳を受け入れている。生徒全員だったら、七百人に満たないと思うけど」

信じられない数に、酔ってしまいそうになる。

クラクラしながら顔を上げると、ハウスの近くまで来ていた。その傍まで歩くと、中庭の奥に小さな建物があった。

「あそこって、温室ですか」

蓮來が指をさすと、リオンは頷いた。

「卒業生が寄贈した温室だけど、誰が手入れしているのかな。温室に興味あるの？」

「うーん、温室とか廃墟とか工場群とか、めちゃめちゃ好きです」

この答えにリオンは複雑な顔をする。

「やはりきみは独特だ。そういえば最近そういう廃墟とか流行っていて、写真集もあるんだろう？　何が楽しいの」

「日常と違う空間っていうか、息がつけそうな感じが好きなんです」

「まぁ、太陽の下でランニングは似合わなさそうだ。じゃあ、温室を見てくれば？　ぼくは一足先にハウスに戻るよ。帰り道はわかる？」

「はい、大丈夫だと思います」

そう言ってリオンと別れ、一人で温室に向かった。硝子で造られた小さなそれは、見ているだけで気持ちが浮き立つ。

（自分でも変だと思うけど、でも好きなんだよなぁ）

疲れているのも苦にならず、ウキウキと温室に近寄って扉を開ける。濃密な空気の中はシダが茂り、熱帯の花が咲いている。

「うわー……、面白い」

思わず声が出てしまった。無造作に植えられた植物。おそらく自然に下がっている、たくさんの蔦(つた)。水鉢や水溜まりに自然に生えている苔(こけ)。あちこち浮いている錆(さび)。そのどれもが美しい。

(廃墟みたいで、カッコいいなぁ)

他人が見たら何がいいのかわからない、古い温室。でも、それが楽しくて仕方がない。

ここは雑然としているが、荒れてはいない。誰か定期的に手入れをして、気にしてくれているのか。

「誰?」

静かな声がした。ハッとして顔を上げると、茂った草木の中に、人の姿がある。咎(とが)められるだろうかと身構えたその時。

「あなたは……」

そこにいたのはハウスへ案内してくれた、あの青年だった。

3

「来たばかりなのに、もう探索ですか。頼もしいですね」

穏やかな口調で言われて、ハッと気づく。そうだ。自分はまだハウスに来たばかりの新参者。それなのに、探索するのは図々しかっただろうか。

「す、すみません。今日来たばかりなのに」

「そんなことは構わないですよ。でも一人で探索するのは、不安じゃなかった?」

「同室になったリオン・スミスと、一緒に歩いて回りました。ぼくは温室を見てみたかったから、そこで別れて……」

「ああ、アルブスのリオンだね。彼は優秀な生徒だし、面倒見がとてもいいんだ」

「生徒のことを、ぜんぶ覚えているんですか」

ちょっとドキドキしながら訊いてみると、彼は「まさか」と肩を竦めた。蓮來は、なんとなくホッとする。

「全部は覚えきれていません。でも、十一年生からなら」

バロウズ校は五年制のパブリックスクールだ。

十三歳から十八歳までの少年たちが勉強している。日本で言うなら中学校から高校。彼は高校三学年分の生徒を覚えているのだ。

さすがにこれは、ゾーッとする。

「三学年分の生徒を覚えているって、学校の先生みたいです。あの、十三年生ですよね……」

「ええ、十三年生です。でも、先生方には、とても及びません」

サラッと言われたが、蓮來は脱力してしまった。そんな気持ちを知ることもなく、彼はにこやかに笑う。

「あの、あなたはアルブスの生徒じゃないんですよね。じゃあ、アーテルですか」

アルブスなら同じ立場のリオンを「アルブスのリオン」とは言わないはずだ。

「そうなります」

やっぱり。

「じゃあ、あの、ええと……、貴族か王室の人……？」

おっかなびっくり質問をしてみると、彼は飄々（ひょうひょう）と言った。

「何事にも例外はあります。大雑把に分けられるのは、好きではありません」

煙（けむ）に巻くように逃げられた。訊きたいことに答えてもらえない。

まさか、とんでもなく身分違いなのだろうか。確かにすごく品がいい。だけど、そんな高貴な人が、こんなボロボロの温室にいるわけがない。

（そんな少女漫画みたいなことが、起きたらおかしいよ！）

自分の考えが、いかに漫画やドラマ的か。あまりに滑稽すぎて笑いが浮かぶ。

病院の待合室や施設で観(み)るテレビの中で、王室やら皇室は別世界だからだ。

そんなセレブな人たちが、そうそう荒れた温室にいるわけがない。

（だよね。こんな植物と雑草が生え放題の場所に貴族とか王族とか、セレブがいるわけないじゃん。あー、ドキドキした）

先ほどと違い、目の前にいる彼は燕尾服を脱ぎ、制服とはいえシャツにスラックスといった、ラフな格好だった。このほうが親近感が感じられる。

「よかった。貴族とか言われたら、どうしようかと思いました」

「珍獣扱いなんですね」

「だって想像もつかない人たちですもの。恐れ多いです」

「貴族なんて客寄せパンダみたいなものです。それより、温室は気に入りましたか？　私は雑多で垢抜(あかぬ)けない風情が、とても好みなのですが」

「は、はい。すごく素敵です。廃墟みたいで、かっこいいなって思いました」

そう言うと彼はキョトンとして、すぐに笑い出した。

「廃墟ですか。それはいい。枝が伸びっぱなしで、手入れは行き届きませんが、いい温室だと思っています」

いきなり自慢されて笑った。でも、青年がこの温室を愛しているのは、伝わってくる。

「ぼく、廃墟ってすごく好きなんです。それに行き届いていないって言いますが、瑞々しいし、どの鉢にもお水が行き渡っています」

そう指摘すると彼はオヤ？　という顔になった。

「鋭いですね。それに観察眼があります」

「からかわないでください。あ、お名前を伺ってもいいですか」

話しかけづらいので、名前を訊いてみる。すると。

「私の名前などに、興味がありますか」

「は？」

まさか、そう切り返されるとは思わなかった。別世界の住人なのは、わかっているし警戒心もあるだろう。が、そこまで名乗りたくないものだろうか。

（だって、ここは学校の中なのに）

だんだん、イラっとしてくる。思いもよらぬ言葉が零れ出た。

「じゃあ、なんて呼べばいいんです？」

この一言に、彼は形のいい眉を片方だけ上げる。

「何か、気に障ることを言いましたか？」

「気に障るとか障らないじゃなくて。ぼくは、あなたに名前をお教えしましたよね。それなのに、そっちが名乗ってくれない。これはフェアじゃないです」

言い返してから、蓮來はハッと口を押さえた。

(ぼ、ぼく、何を言ってるの！)

蓮來の性格だと異論があっても、普通は口答えなどしない。

その蓮來が、どうしてフェアじゃないとか言い出したのか。自分でもわからない。

恐々と目の前の青年を見ると、驚いたように目を見開いている。そうすると碧の瞳が、さらに際立って美しい。

そう思った次の瞬間、彼は快活に笑った。

「なるほど、実に小気味いいですね」

いきなり笑われたので、ビクビクした。そんな様子もおかしいらしく、また笑う。

「確かにフェアではありませんでした。これは当校の生徒として、相応(ふさわ)しくない由々しき問題です。失礼しました。お許しください」

そう言うと、優雅に会釈をされた。

「私のことは、ロミと呼んでください。ロミオのロミです。覚えやすいでしょう?」

「……は?」

「きみはジュリエットのように、愛らしい。ですから私もロミオになりましょう」

微妙にずれたことを言われて、思わず訊き返す。

「あの、ぼくが言いたいのはロミオとかジュリエットとかじゃなくて」

「今は仲がいいアルブスとアーテルですが、一世紀前までは犬猿の仲でした。それが変化したのは先の大戦中のことです」

「先の大戦って」

「第二次世界大戦のことです」

（八十年も前の戦争の話を、去年の出来事みたいに言われても）

蓮來の眉が、八の字に下がる。

「話が古すぎませんか」

「ええ。昔の話ですが、まだ百年も経っていません。で、その大戦中、避難する場所がなく震えていたアルブスの生徒やご家族たちを、アーテルの生徒が自分の城にある防空壕に保護したと言われています」

美談だ。しかし、名前を教えてくれない理由にはならない。

「そのことがあって、アルブスはアーテルを憎むことをやめ、畏怖と憧れの目で見つめるようになりました。いい話だと思いませんか。ロミオとジュリエットも敵対する家に生まれたのに、愛を育(はぐく)んでいたのです」

「話を元に戻させていただくと、覚えやすいとかじゃなくて、単に名前を教える気がないってことですよね」

この人は、こんなにカッコいいのにひねくれている。いや、カッコいいから、ひねくれるのか。それとも、ただの意地悪か。

こんなに綺麗な顔をしているのに。育ちだってよさそうなのに。

意地が悪い人は嫌いだ。

施設で意地悪な子供はいた。学校の先生でも生徒でもいた。そういう人を見ると切ない。

——そう。悲しいのだ。

そして蓮來は悲しいと一人になりたくなる性分だったので、この場から離れたくなる。全てを投げ出すことにした。

「じゃあ、ぼくの名も忘れてください。もう会うこともないでしょう。お元気で」

早口に言って、温室を出ようとした。しかし。

「待って」

彼は蓮來の肩を摑んだ。だが恐怖に思わず身をこわばらせると、彼はすぐに手を離した。

そして真剣な声を出す。

「ごめんなさい。慌てて、つい触れてしまった」

恐怖で硬直している蓮來よりも、もっと真っ青な顔をした青年は謝罪した。

「きみが触れられるのは駄目だと、聞いていたのに。許してください」

たった今までの、からかう様子は影も形もない。

彼は真摯に謝罪しているのだ。

真面目に謝られて、気が抜けた。本気でへそを曲げた自分が、すごく子供じみていると思えたからだ。

名前を訊いても、はぐらかされる。こんなこと普段だったら気にもしない。ただその人とは距離を置くだけだ。

でも彼に対しては、なんだか頭にきた。自分の気持ちを、ちゃんと言いたかった。

(どうして、こんな気持ちになるのかな)

初めて会った人、素性どころか、本当の名前も教えてくれない。何を訊いても、のらりくらり。きっと自分みたいな外国人なんか、バカにしきっているのだろう。

「あなたの名前は、なぜロミオなの。こんなの劇の台詞(せりふ)ですよね。ぼくに名前を教えたくないなら、それでいいです。だから頭を上げてください」

「そうじゃありません。――――そうじゃないんだ」

困った顔をされて、またしても胸が痛くなる。これは罪悪感だ。まるで負い目を感じるような気持ちになっている。

では、何に?

どうして自分は、彼に負い目を覚えるのだろう。

「ぼくのほうこそ失礼なことを言いました。許してください」

「いいえ。きみの主張は正当です」

彼はいきなり地面に片膝をついた。蓮來の足元だ。

「え? た、立ってください。困ります!」

蓮來は狼狽えたが、それも当然。目の前の彼は自分より年上で先輩。そんな人に跪かれて、震えないはずがない。

だが青年は片膝をついたまま、深く頭を下げていたのだ。その格好はまるで、騎士が姫君に忠誠を誓うのと、同じ格好だった。

「私の名はテオドア。テオドア・アンバー・エドワード・ベンティックです」

「テオドア……」

「テオと呼んでください。きみには、そう呼ばれたい」

「いえ、上級生に対して、そんな馴れ馴れしくできないです」

「私がいいと言っているのですよ。問題ありません。それとも、きみに触れた愚かな男の名など、呼ぶに値しませんか」

どうして、そういうことを言い出したのか。蓮來には理解不能だ。

どちらにしても彼に任せていては、話が進まない。

「さっき謝ってもらったから、もういいです。怒っていません」

そう言うと、テオドアは目に見えてホッとした表情を浮かべた。

「名前を名乗って、変なふうに意識されたくなかったんです」

「変なふうにとは、どういう意味ですか」

「以前アーテルだからアルブスの気持ちがわからないと、言われたことがあります。働かなくても、一生困らないだろうとも言われたことがあります。言った人間は、それで気が晴れたでしょうが、私は落ち込みました」

「落ち込むなんて、そんな……」

「アーテルという理由で壁を作られたくなかった」

どうして彼は、そこまで思ってくれるのか。自分など、東洋からやってきた、ただの編入生。テオドアからすれば、なんの関わりもない有象無象だろうに。

その気持ちが通じたのか、彼は判別しにくい表情を浮かべた。

「きみが私から離れるのが、怖かったのです」

「離れる?」

おかしな話だ。彼と蓮來が会ったのは二回目。どちらも偶然。そもそも、くっつくの離れるのといった関係ではない。

彼は、いったい何に怯(おび)えているのだろう。

「……ぼくはアーテルもアルブスも、よくわからないのが正直な気持ちです。貴族って聞くと、すごいなぁって単純に思うけれど、それ以上の感情もないし、嫌悪とか怖さとかも感じません。そんなにアーテルというのは、権力があるものですか？」

「ないと言ったら、嘘になります」

否定しないのかと驚いていると、口元だけで笑われた。

「もちろん、教職員の人事や入学試験の合否にかかわる権限はありません。だけど、教員の評価や学校行事の提案、討論大会の企画、スポーツ大会の運営などを任せられています。もちろん私一人ではなく、委員会があります。でも、働き者でしょう？」

おどけた口調に笑ってしまった。そんなに働く学生がいるだろうか。

「教員の方に、どうして任せないんですか」

「それは生徒の自主性を育て、大学進学に対する準備力を育成するためです。学生は、進学する義務がありますから」

「義務、ですか」

「そうです。働かないのであれば、勉強をする。それが我々の義務です」

きっぱりと言われてしまった。日本の進学への意欲とは、比べ物にならない。

こんなに意識が高いから、なんとなく進学することがないのだ。

「これらの運営は、大学進学の評価になります。だから嫌がる生徒は少ない」

「パブリックスクールって、すごいんですね」

その子供っぽい言葉に、テオドアはまた笑う。だがそれは、蓮來の幼さを嗤われた気がした。彼らにとっては、当たり前のことなのだ。

話をしているあいだ、まだ片膝をついていることも気になる。

「テオ、もう立ってください。困ります」

ちょっと迷ったが、勇気を出して名前で呼んでみる。すると彼は、ようやく微笑みを浮かべた。言うなれば、ホッとした顔だった。

「テオと呼んでくれるのですね」

「だって、そのために教えてもらったんですよ」

ちょっと照れくさいがそう言うと、テオドアは目を細めて、気恥ずかしそうな顔だ。やはり勇気を出して、言ってよかったのだ。

(英語を教えてくれた神父さんも、そういうところあったものね)

子供の頃から通っていた教会の神父も、英国人だった。彼は幼い子供たちとすぐ友達になれる人で、蓮來も可愛がってもらった。その人もフレンドリーで、神父さまと言われるよりも、気軽に名前で呼ばれることを好んでいた。蓮來の英語も彼が教えてくれたものだ。

(いや、今は神父さんを思い出している場合じゃない)

とにかく立ってもらいたくて何も考えず、彼に向って手を差しのべる。すると、驚いた顔のテオドアに見つめられた。

「……大丈夫、なんですか?」

言われてみて気がつき、びっくりした。

接触恐怖症の自分が、どうして手なんか出したのだ。

「あの、いえ。これは」

慌てて手を背中の後ろに隠すと、笑われた。

「ありがとう」

「ありがとうって何が……」

「私がずっと地面に膝をついているから、心配になったのでしょう。もう立ちます」

そう言うと、スッと立ち上がる。その姿が溜息が出るほど美しい。

(そうか。立ち居振る舞いが優雅だから、すごく綺麗なんだ)

昔に観たテレビで、立ち居振る舞いの綺麗な男性がいた。あとでバレエダンサーと知って、感心したものだ。テオドアには同じ優雅さがある。

「もう昏(くら)くなる。そろそろ行きましょうか。寮では夕食の時間ですよ」

「あ、はい。ありがとうございます」

戸締まりをしてから行くから、外で待っていてくださいと言われて、温室を出た。テオドアの言った通り、いつの間にか夕刻だ。

(ずいぶん話していたんだなぁ。気がつかなかった)

さっきは、どうして手が出てしまったのだろう。自分でも不思議だった。

今までずっと、人に触れられることが怖くて仕方なかったのに。

「おい」

いきなりの声に顔を上げると、そこには驚いたことに、イクスがいた。

彼も学校に戻っていたのだ。エバンスの家ではまともな会話などしなかったから、予定など知らなかった。

(彼は日本でいうなら、まだ中学生って年頃なんだよね)

嫌われているのは知っているし、父が跡取りなんて言い出したから、憎まれてもいるだろう。たぶん仲良くはなれない。

それでも、半分だけ血が繋がった彼が、疎ましいとは思えなかった。

「やあ、イクス。きみも、もう学校に来ているんだね」

「馴れ馴れしく、名前を呼ぶな」

返された言葉は予想に違わず、刺々しい。それも当然かもしれない。

(自分の母親を裏切って不倫していた相手の、憎たらしい子供だもんなぁ)

「馴れ馴れしかったかな。ごめんね。じゃあ、なんて呼んだらいいの?」

そう言いながら、変な質問だなと思った。漫画じゃあるまいし、まさかイクスさまと呼べ！　などと言うわけがない。

自分の考えに笑いがこみ上げそうになって、口元を押さえた。すると。

「決まっている。イクスさまと呼べ！」

まさかの言葉が返ってきたので、びっくりする。

（どうしよう。予想通りすぎる）

ここは漫画みたいに、ずっこけるべきか。しかし、それも違う気がする。

「お前、テオドアと何を話していたんだ」

もしかして自分の足元に跪いた彼の姿を見られたかと、ひやっとした。

だが温室は硝子張りだけど、中では葉が生い繁っている。外から様子がわからないと気づき、胸を撫で下ろした。

蓮來の様子にも気づかないイクスは、ブツブツと文句を言っている。

「この時間はテオドアがいるから、ほかの人間は入室厳禁なんだ。お前が中に入っていって、ずっと出てこないから見張っていたんだよ」

その答えを聞いて、ホッとする。

しかし見張るというのも、怖い気がしてきた。

「見張るって、ぼくのことを？」

「そうだ。お前みたいな奴が、テオドアに失礼をしたら大変だからだ。……でも、彼は温室に人がいるのを嫌うのに、どうしてお前だけ許されるんだ」

「テオに用だったの？　戸締まりしたら、すぐに出てくるよ。待っていれば？」

何気ない気持ちでそう言うと、イクスは顔を真っ赤にして睨みつけてくる。

「バカじゃないか！」

「バカ……」

いきなりバカ呼ばわりされて驚いていると、イクスは苛立ちを爆発させた。

「お前みたいに厚顔無恥でバカな奴が、テオドアに近づくなんて信じられない。何を馴れ馴れしく、テオなんて呼んでいるんだ。図々しい！」

「あ、えぇと。――ごめんね」

英語に慣れていない蓮來は、正直なところヒアリングするのが精一杯だ。

だが短い会話の中に「バカ」「厚顔無恥」「馴れ馴れしい」「図々しい！」を盛り込む、センスがすごい。というか、幼い子供みたいだった。

「きみを怒らせるつもりはないんだ。気に障ることを言ったなら謝るよ」

「うるさい、バカッ」

(頭がいいのに、ほかに語彙はないのかな)

バカを連呼されて、思わず首を傾げる。こんなに程度の低いイチャモンは初めてだ。

養護施設で育った蓮來は、大人の顔色を窺って生きてきた。周りにいる子供たちは、仲間ではない。ある意味ライバル。

何を競っているかというと、自分たちを引き取ってくれる親を取り合うのだ。

誰もが素直で頭のいい子供の皮を被っているが、それは生き抜くための処世術。施設にいた子供たち全員が、ここから出たいと切望していた。

（でも施設で、こんな剝き出しの敵意を見せつけられることは、なかったものなぁ）

イクスに対して怒るとか憤慨するとか以前に、なんだか気の毒になってきた。

父親が他所で作った愛人の子供が、我が家に乗り込んできたのだ。気分が悪いだろうし、敵愾心も湧くだろう。

（パパやママを盗られたくない。……子供は、必死だから）

そんなことを思いながらイクスを見つめていると、背後で温室の扉が開く音がした。テオドアだ。

「お待たせ。片づけものがあって、手間取ってしまったよ。あれ、その子は？」

見慣れない生徒なのだろう。彼はイクスの顔を見ていたが、すぐに声を改める。

「きみ、タイはどうしたの。夏休み中といっても、身だしなみは大事なことだよ」

言われてみれば、確かにイクスはネクタイをしていなかった。

今はまだ、学期が始まっていない。それでも注意されてしまうのだ。

「し、失礼しました。今からハウスに行ってきます」

「よろしい。食事に遅れないよう戻りなさい。——駆け足！」

急に鋭くなったテオドアの号令に、イクスはビクッと震えて、すぐに走り出した。なんとも従順だ。これが、パブリックスクールというものなのだ。

走っていく弟の姿を見送って、ハタと気づく。自分は私服だ。

「あの、ぼくは制服を着ていません。送った荷物の荷ほどきがまだ」

「仕方がないでしょう。寮母(ハウスマザー)には、私から言っておきます。今日は特別」

彼はそう言うと、蓮來のシャツの襟を、そっと引っ張った。

「ボタンを一番上まで留めなさい。これから毎日、食事の時は制服にタイを着用。運動の授業の後だったら、ノータイは許されますが、それ以外の理由は厳禁です」

そんなの、初めて聞いた。男子校なのに、なぜそんなに気を遣うのだろう。

「どうしてそんなに、厳しいのですか」

思わず口をすべらせると、テオドアは迷いなく言った。

「食事のマナーに気を配るのは、紳士として当然のことだからです」

澄ました顔で答えられて、倒れそうになる。食堂で食べるだけなのにマナー。

紳士。紳士。紳士――――、それって高校生の台詞?

(とんでもない学校に来てしまったんじゃないか)

泣きたくなるような気持ちと、困りに困っている気持ちと、その反面、心の奥底でドキドキする気持ちが湧き起こる。

これは、いったいなんだろう。自分はどうしてしまったのだ。

「おーい、蓮來！」

名前を呼ばれて顔を上げると、ハウスからリオンが出てくるところだった。大股でこちらに近づいてくる。

だが歩いてくる彼の顔が、どんどんこわばってくる。いったい、どうしたのか。

その理由は、すぐにわかった。

「失礼いたしました、ミスター！」

いきなりそう言うと、彼は直立不動の体勢で大声を出した。まるで軍隊だ。

ミスターと呼ばれたテオドアは、まったく戸惑った様子もない。慣れているのだ。

「リオン。きみが蓮來と同室になるのかな。これから、いろいろと力になってあげなさい」

「承知しました。ご指導、ありがとうございます！」

「では、蓮來を食堂に連れていくのは、きみに任せるよ。寮母先生には、私から言っておくから、今日の夕食は私服で大丈夫」

「お気遣い、ありがとうございます！」

「そうだ、蓮來。よかったら明日も、温室に来てください。午前中は換気で窓を開けてあるから涼しいいし、陽の光が入って、とてもいい景色になります」

「明日、ですか」

「授業が始まったら、忙しくなるでしょう。その前に少しだけ」

「はい。それじゃ明日、伺います」

蓮來の返事を聞くとテオドアは頷き、ハウスへと入ってしまった。

なんだか、不思議な感覚。

何もかもが、幻みたい。彼と話をするのは、きっと夢幻の中の出来事なんだ。

そう、夢の中の麗人。それがテオドアだ。

彼の姿が見えなくなるまで見送った後、リオンはくるりとこちらを向く。その顔は、般若（はんにゃ）みたいだった。

「蓮來！　テオドアと知り合いだなんて、聞いてないぞ！」

「知り合いじゃない。ここに着いたとき、ハウスまで親切に案内してくれたんだ。その後、さっきの温室で再会した。名前もその時に聞いたんだよ」

「本当か」

「嘘なんて、言わないよ。弟にも似たようなことを訊かれたけど、テオってそんなに大変な人なの？」

「テ、テオ!?　なんだ、その馴れ馴れしい言い方は」

「そう呼べと、テオ本人に言われたんだ」

リオンは眉間に皺（しわ）を寄せたまま、大きな溜息をついた。

「とりあえず、……とりあえず話は夕食の後だ。きみの格好は、テオドアが先生に言ってあるから大丈夫。食堂に行こう」

「話は食事の後でいいの？」

「食事中は、私語厳禁。まるで刑務所だ。後で聞く」

食事中は私語厳禁だ。まるで刑務所だ。呆気に取られて、前を歩くリオンの背中を見つめたが、どんどん先を歩くので慌てて後ろをついていく。

食堂はハウスの近くに建つカレッジホールの地下にあるという。リオンと二人で大きな階段を下りようとした時、彼は怖い顔で振り返った。

「いいか。おとなしくしていてくれよ」

たかが学生食堂でとる食事に、この緊張感。まるで戒厳令だ。ハッキリ言って意味がひとつも、わからない。しかし、こんなに気を遣っているのは意味があるはずだ。

「わかった。きみの言う通りにするよ」

「よし。新学期早々から謹慎なんて、洒落にならないからな」

ひそひそ声で話をしながら階段を下りた。すると、入り口の扉のところで話しかけてくるのは、老年にさしかかった夫人だ。

「あらリオン。そちらが噂の編入生ね」

痩せぎすで、グレイの髪を一つに結い上げた彼女は、キビキビした雰囲気だ。

「はじめまして。蓮來・エバンスです。よろしくお願いします」

「こちらこそよろしく。寮母のリサです。試験の時にお逢(あ)いしたわね。さて、本日は私服だけど、テオドアから聞いているわ。到着当日ということで、特別に許可します。でも明日から必ず制服とネクタイを着用すること。よろしいわね」

「はい、気をつけます。すみませんでした」

またネクタイだ。どうしてそんなに気にするのだろう。食事をするのに、あの布がなんの役に立つのだ。そう思いかけて、ふと気づく。

……いや、そうじゃない。

『食事のマナーに気を配るのは、紳士として当然のことだからです』

先ほどテオドアが言っていたのは、これなのだ。

ここは日本の学校ではない。英国の小さな紳士たちが集う場所なのだ。

気が引き締まる。自分の物差しで考えてはいけない。そもそも、物見遊山じゃないのだ。ちゃんとやらなくてはならない。

案内された席に座ると、真っ白いテーブルクロスが敷いてある。陶器の皿と、銀のカトラリー。これにも驚いた。

養護施設では汚れてもいいように、プラスチックの容器がトレイに乗せられていた。実際、汚す子も多かったからだ。

だが、ここでの食事は違う。食堂では全員が静かに食事をしていた。

見ていると本当に静かだ。新顔の蓮來がいても、誰も関心を寄せない。

蓮來もリオンと並んで座った。並んだフォークにひるんでいると、リオンが目くばせをしてくれた。

(あ、外側のフォークから使えばいいのか)

しかしナイフを持つと、押していいのか引いていいのかわからなくなる。するとまたリオンが手本を見せてくれた。

(引くんだ！)

地獄で仏に会った気持ちだった。

一言も話をせずに手早く食べ席を立つ。廊下に出ると、ようやく彼は口を開いた。

「食事は一日三回ここに来る。要領はわかったな？」

そう言うと、先にすたすた歩き出す。遅れないように速足で追いかける。だが。

「おい」

鋭い声がしたので振り返ると、またイクスがそこに立っていた。

(ぼくのことが嫌いなのに、よく話しかけてくるなぁ)

やっぱり不思議な気がする。素直に話しかけられないのは性格なのか、そういう教育を受けてきたからなのか。

「お前がみっともない格好をしているから、ぼくが嫌な思いをした！」

「寮母先生の許可はいただいたよ。明日から、ちゃんとする」

「テオドアのことを利用しただろう。卑しい女の息子は、やっぱり卑しいな！」

これは、さすがに頭にくる言葉だった。母親を侮辱されて、黙っているわけにいかない。

だけど、やはり哀れさが先に立つ。

汚い言葉を吐くのは、周りの人間の行いを、無意識に真似をしているのだ。

そして、誰も彼に手を貸してあげない。注意しない。諭してあげない。

蓮來自身も施設育ちだし、親の愛情をほとんど知らずに育った。だけど、自分より幼い子がこんなふうに育つのは痛々しい。

何より、彼は自分の弟。半分しか血が繋がっていないけれど、弟なのだ。

「そんな言い方をしちゃダメだ」

自分でも驚くくらい、静かな声が出た。

イクスは鳩が豆鉄砲を食らったを地でいくような、そんな顔をした。

「お、お前、ぼくに口ごたえをする気か」

「ぼくのことが嫌いなのは仕方がないよね。でも、大切な母のことを悪く言うのは許せない。亡くなった人を貶めるのは、人間として恥ずべきことだ。それに女の人は庇うべき存在だよ。自分の品位を、自分で下げてはダメだ」

イクスは呆気に取られた表情をしていたが、みるみる顔を真っ赤にした。多分これから、かんしゃく玉みたいに怒り出すのだろう。

思わず心の耳栓をしようとした、その時。

「蓮來、どこにいるんだ。先に行っちゃうぞ」

先に行ってしまったリオンの声がした。待たせていたらしい。

「ごめん、今、行くよ!」

たぶん階段を上りきった辺りにいるのだろう。

「呼ばれたから行くね。じゃあ、また」

簡単に挨拶をしてから、慌ててリオンの後を追いかけた。気の毒にしか見えない異母弟は、その場に置き去りにする。

(余計なこと言ったから、また攻撃がきつくなるんだろうな)

そんなことを考えながら玄関に上がろうと階段を上っていると、踊り場にリオンが立っていた。彼は腕組みをして、複雑そうな顔をしている。

「待たせてごめん。……どうかしたの?」

そう言うとリオンは眉間に思いきり皺を寄せていた。

「彼は十年生のエバンスか。生意気盛りだな」

「そんな、いいものじゃないと思う」

「大変だな。ぼくも弟がいるからわかるよ。小生意気盛りで、うるさくて」

「あ、同士だ。ぼくは、にわかお兄ちゃんだけど」

思わず笑ってしまうと、彼は肩を竦めた。

「アルブス寮は一般の生徒のほかに、外国からの留学生や、大企業などの子息が入るんだ。それぞれお国柄も違うし、事情も違う。気にすることはないさ」

そう言ってくれるリオンの思いやりに、感謝したい気持ちだった。

面倒な事情があると言っても、ぬるいジンジャーエールをご馳走(ちそう)してくれた彼は、変わらないでいてくれるのだ。

ハウスに戻ると、リオンが教えてくれた設備や教室の場所、ほかにも学校のルールを、忘れないうちにスケッチブックにイラストを交えて書いておく。

ついでに会った人たちの名前も記入して、その下に似顔絵も添える。

「片づけものは終わったのか?」

机に向かうリオンが、顔も上げずに声をかける。蓮來も視線を上げずに答えた。

「荷物が少ないから、片づけは終わったよ。今は教えてもらったことを忘れないよう、メモしている」

しかし、似顔絵はどれも似てない。子供の落書きレベルだった。

(ぼくは動物ばかり描いているせいで、人物は下手だなぁ。あ、でも)

スケッチブックの端っこに描けた、きらきらの王子さま。これは我ながら上手な出来栄えだと思った。

金髪。細面の顔に、睫が長い王子さま。

(少女漫画っぽい絵になっちゃったけど、これは似てる。すごい、バッチリだ)

しばらく自分の描いた絵を見つめて、顔が真っ赤になる。傍に置いていたペンを持つと、ぐしゃぐしゃと絵の上で線を書き散らす。

(だけど、だけど、王子さまってナニ! 確かにテオドアは貴公子だけど! なぜ睫がこんなに長いんだ!)

どうしてテオドアを思い出すと、王子さまになってしまうのか。

「蓮來、熱でもあるのか?」

「え?」

「顔が真っ赤だぞ」

指摘されて、心臓がバクバクした。からかわれたんだと思ってリオンを見ると、彼は大まじめな顔をしている。揶揄するつもりなど、微塵もないのだ。

動悸が激しくなったのは、自分に疚しい気持ちがあるからだ。

(疚しい? どうして、なんでぼくが、そんな気持ちになるんだ。……いや)

そこまで考えて、ようやく気づく。

（そうだ。ぼくはテオドアを思い出しながら、絵を描いていた。まるで女の子が、好きな人を思い浮かべるような、そんな甘やかな気持ちで。

「ひゃぁーーーーーーーー……っ」

変な声が洩れた。リオンが怪訝な顔をして、こちらを凝視している。取りつくろわなくてはと思ったけど、言葉にできない。

なんだろう。なんだろう、この気持ちは。この感情は。

そりゃあ、彼はかっこいい。彼は美形だ。でも、ぼくもテオドアも男で。男同士で。それなのに、彼を思い浮かべて絵を描くなんて、おかしくない？

いや。おかしいよ。徹底的におかしいよ！

テオドアのことを思い出すと、顔が赤くなる。赤い！　なぜ！

「赤くないっ、赤くなんかないっ！」

「変な奴だな。今日はもう寝たまえ」

不可思議な返事をするルームメイトに、リオンは首を傾げた。

結局、どうやってテオドアと知り合ったか白状させられたが、きみらしいと笑われて終わった。

赤くないと否定し続ける蓮來の頰は、ずっと薔薇色のままだったからだ。

4

「やぁ蓮來、よく来てくれましたね』

翌日、温室にやってきた蓮來は、テオドアに迎え入れられた。例の温室にやってきた。陽の光が眩しい朝は、鬱蒼として見えた内部が、輝いている。

天井から下がっている蔦や草花も、どこか優しく美しい。陽の光は偉大だ。

「ここに来ることをリオンに言ったら、羨ましがられました。学校の探索より、あなたと話をするほうが有意義だと。あの、テオはすごい人だって聞きました」

「私が？　藪から棒になんでしょう」

「すみません、あなたが総代というのを初めて聞いて、それで……」

「編入してきたばかりですから、当然です。それに私は、普通の生徒ですよ。きみたちより年が上ではありますが」

そう謙遜されたが、昨夜リオンから聞いた彼の話は、すごかった。

彼は、バロウズ校の総代、テオドア・アンバー・エドワード・ベンティック。ベンティック伯爵家の嫡子。

しかしそう聞いても意味がわからず、「嫡子ってなに？」と、問い返す始末だ。この質問にリオンは眉間に皺を寄せながらだったが、丁寧に教えてくれた。

嫡子または嫡男。どちらも一般的に、その家を継ぐ子供のこと。ベンティック伯爵は、テオドアの父親に当たる。

「テオはもしかして、次の伯爵ですか」

この質問にテオドアは眉を片方だけ上げて、「多分ですが」と言った。

「貴族に興味ありますか」

その声は穏やかだったけれど、どこか冷たくも聞こえる。蓮來はかぶりを振った。

「いいえ。特にありません」

「……ないですか？」

「ないです。日本の爵位制度は戦後で終わったと、授業で習いました。まったく縁がありませんから興味ないし、調べたこともありません」

そう言うと、彼は途中からプッと笑い出す。

「ぼく、何か変なことを言ったでしょうか」

「いいえ。ただ家のことを根掘り葉掘り訊かれることもあります」

「それって、面倒ですね」

そう言うとテオドアは笑う。

「面倒って……。そんなふうに言われたのは、初めてです」

おかしそうに笑われたが、本当のことだから仕方がない。

実際、爵位なんて第二次世界大戦前の話だし、ドラマや映画や書籍で貴族に憧れる人はいるが、全体的に見て多いのか少ないのかも見当がつかない。

興味がないと言ってしまって、悪かっただろうか。なんとなく居づらくて、視線を温室の内部に向ける。改めて見ると、昨日とは印象が違った。

明るい温室の中は雑然としているが、これが不思議と心地よい。空気が爽やかで、静かな空間だった。

「コーヒーしかありませんが、飲みますか」

保温ポットを持ち上げている彼に頷くと、手持ちのカップに注いでくれる。

温室の中は暑いから、嫌がる人もいるかもしれない。でも蓮來は、暑いからこそ熱いものを飲む。そのほうが、汗が引くからだ。

「英国の人って、ぜったい紅茶を飲むものと思っていました」

「そうしたいですが紅茶は沸騰したお湯で淹れないと、満足できないタチなんです。でも寮生活では多くを望めないので、インスタントコーヒーもおいしく飲みます」

「えぇー、なんか意外」

「おいしいですよ。さぁ、どうぞ」

彼はそう言うと、ガーデンテーブルの上に、プラスチックのカップを差し出した。お金持ちは、高級ブランドのカップしか認めないと思っていたから、それも驚いた。

エバンス家では、父が英国人の格式にこだわり、朝は必ず紅茶を用意させていたからだ。

『なんだ、この紅茶の味は！　茶葉が開いていない。カップもソーサーも温めていない。こんな泥水を飲めると思っているのか！』

彼が見せた恫喝は、家長に対する敬意を消し去るものだ。大声を出されると、人は怯えしかいだけない。神経質なこだわりはピリピリした空気を作るだけだ。

高圧的に紅茶を要求する父に、パメラもイクスも無言で俯いていた。

（テオみたいなのが、ずっといいな）

本式の紅茶も、もちろん楽しむ人だろう。でも、その場に応じてインスタントを、プラスチックのカップで飲む。そんな単純なことが、すごくカッコよく見えたのだ。

その時。ガチャガチャと音がして、背の小さい少年が飛び込んできた。

「テオドア、助けてくださいっ。大変なのっ」

変声期もまだだろう子供は、真っ赤な顔でテオドアを見つめた。蓮來のことは目に入っていないらしい。

くるくる巻き毛の金髪と薔薇色の頬が、まさに天使のようだ。

「やあ、ノア。元気がいいね。今日がお客さまがいらしているよ」

テオドアがやんわりと注意すると、ノアと呼ばれた少年は蓮來に気づき、慌てて頭を下げた。「失礼しました！」と言うその声は、まだ子供っぽい。

（この子、九年生ぐらいかな）

そうなると十三歳。中学校に入ったのと同じ年齢だ。欧米人の幼少期は天使のように愛らしい容姿をしているが、ノアも例に洩れずだった。

「こんにちは。蓮來・エバンスです」

「こんにちは、ノア・トンプソンです。あ、そうだ！　テオドア、大変なのっ！」

「さっきからどうしたんだ」

「猫ちゃんが！　猫ちゃんが！」

ここで蓮來とテオドアは、顔を見合わせる。

――猫ちゃん？

□□□

ノア少年の懊悩（おうのう）は、温室の裏にある大きな木の上に猫が登って下りられない、だった。

テオドアと蓮來の三人で現場に向かうと、確かに大きな欅（けやき）の枝のあいだから、猫の困った声が聞こえてくる。

「ああ、あそこだ」

テオドアが指をさした辺り。枝は細くないが、葉が茂っていてよく見えない。

「ど、どうしよう。校務員さん、ええと英語で校務員なんて、どう言うんだっけ。とにかく誰かを呼ばないと、手が届かない……っ」

蓮來が情けない声を出した瞬間、隣に立つテオドアがプッと笑った。

「木登りなんて、簡単ですよ。問題ありません」

彼はそう言うと靴と靴下を脱ぎ、ひょいひょいと登り始めてしまった。

「えぇーっ、そんな準備もロープもなしなんて、危ないですっ！」

蓮來は東京生まれの東京育ち。遠足で遠方に行くことはあっても、高尾山（たかおさん）がせいぜいの都会っ子。木登りなど、生まれてこの方したことがない。

しかも気楽に登っていった青年は、姿が見えなくなり、ウンともスンとも言わなくなってしまった。

「テオドアーッ、テオドアーッ！　大丈夫ですか。いま消防車を呼んできます！　しっかり枝に摑まって、動かないで！」

真っ青になった蓮來はそう叫ぶと、隣に立っているノアを振り返る。

「消防車を呼んで、あと大人を連れてくるから、きみはここを絶対に動かないで」

必死の思いでそう言って、駆け出そうとした。すると。

「消防車だなんて、大げさですねえ」

場違いなほど、のんびりした声がした。蓮來が顔を上げると、そこには手に猫を抱いたテオドアが立っていた。

「……テ、テオ……ッ」

「簡単だと言ったでしょう。ノア、猫に触ってみるかい？」

テオドアはそう言って茶色の猫を、ノアに向かって差し出した。とたんに笑顔になった少年は、そーっと丸い頭に触れる。

「あったかいねぇ」

「そうだね。この子も怖い思いをしたから、もう家に帰りたいだろう。手を離していいかな。ああ、蓮來も触りますか？」

そう言われて、いらないとも言えず手を伸ばす。思ったよりも柔らかな感触と、小さな耳に触れて嬉しくなる。

「野良なんでしょうか」

「たぶん乗馬クラブの厩舎（きゅうしゃ）に住む猫ですよ」

「厩舎って、学校の中に馬小屋があるんですか？」

「ええ。裏庭の奥へ行くと馬場になっています。今度、探検するといいですよ。厩舎には、猫がたくさんいます」

学校の中に馬場があるとか、馬がいるとか。蓮來には意味がわからなかった。

「な、なんで厩舎に猫がいっぱいいるんでしょうか」

「どうしても鼠(ねずみ)が出るんです。猫は優秀なハンターですから、住みついた子を咎める生徒も先生もいません」

この浮世離れした発言は、いったいなんなのだろう。

聞いているだけで、ぐったりしてしまった。そんな蓮來に構うこともなく、テオドアは猫を放してやり、ノアは礼を言って去っていった。

ぐったりしたまま、ちび猫の後ろ姿を見送った。

(台風一過って、こんなことをいうのだろうか……)

「ノアと仲良しなんですか?」

「ああ、彼の祖父と私の祖父が、幼馴染みなんです。彼が生まれる前から、家同士のつき合いがあります。彼が生まれたばかりの時、見に行きました」

「祖父って、どれぐらいつき合いが深いんですか」

「どうでしょう。曾祖父の代からだったと思いますが。古い家同士だから、憶えるのも面倒なぐらい長い縁です」

きっとあの子も、貴族さまの子供とかいうのか。

これがパブリックスクールなのかと、溜息が洩れる。何百年と続く血筋と係累。長い歴史を生きてきた人々。自分のような外国人には、わからない世界。

（壮大すぎて、羨む気持ちにもなれない）

別世界すぎる世界を垣間見て、クラクラする。テオドアは蓮來に、気軽に声をかけた。

「授業が始まったら、わからないところが出てくるでしょう。困ったら、私に訊いてください。答えられる限り、なんでも相談に乗りますよ」

「わぁっ、本当ですか。もう、授業の予定表を見て、泣きそうになっていました」

本気でそう言うと、おかしそうに笑われてしまった。しかし蓮來にとっては笑いごとではない。よい成績を取り、有名大学に進学する。それが英国で生きていく術だ。

父には蓮來が落ちこぼれたら、すぐに学費を打ち切ると言われていた。

彼に親子の情を期待するほうが、間違っている。

そもそも、蓮來の存在を知りながらも、十六歳になるまで消息を追うこともしなかったのだ。父親としての誠意も責任感もない。失格の部類だ。

「そうだ、セント・メアリー教会には行きましたか」

自分の考えに耽りそうになっていた蓮來は、顔を上げる。

「いいえ。教会があるのは聞きましたけど、広すぎて回りきれませんでした」

「もしよろしければ、これから覗いてみませんか」

「ぼく、カトリックじゃないですけど、大丈夫でしょうか」

「もちろんです」

その声に促されて、カップに残っていたコーヒーを一気に飲んだ。

(なんか、調子が狂うなぁ)

釈然としない気持ちもあるが、イヤな感じはしない。

彼には人をバカにしたり、嘲る気持ちがないとわかるからだ。蓮來を見つめる瞳は仔猫(こねこ)や仔犬が、可愛くて仕方がないといったものに似ているからだ。

不思議だった。

どうして、この人に対して、そんな気持ちになるのだろう。

相手は外国人。しかも、自分とは立場がぜんぜん違う人。考えていることも違えば、育ってきた環境も違う。何より国籍だって違うじゃないか。

それなのに、どうしてこんな気持ちになるのか。

言うなれば、——信頼に似た気持ち。

蓮來にとっては、いちばん馴染みのない感情。なるべくならば人に関わらず、ひっそりと生きていきたいのに。

どうして自分は、テオドアのことが気になるのだろう。

「では、行きましょう」

こんな戸惑いなど知る由もない彼は、そう言うと歩き出した。蓮來も慌てて、後をついていく。

温室から出ると、なだらかな道が延びている。その道沿いに、小さな教会が建てられていた。まるで童話の風景のようだ。

中に入ると、映画で見るような小さな礼拝堂だった。そこにいた初老の男性が、こちらに近づいてきた。

「ごきげんよう、テオドア。そちらは編入生の子ですね」

「はい、神父さま」

瘦せぎすの優しそうな神父に、蓮來はぺこりと頭を下げる。

「はじめまして。蓮來・エバンスです。よろしくお願いします」

そう挨拶すると、神父は微笑んだ。

「困ったことがあったら、いつでも相談に乗りますよ。でも、いい上級生がいるから、心配ないでしょうけれどね」

その一言にテオドアと蓮來は顔を見合わせてしまった。その様子を、神父は穏やかな瞳で見ている。

「もう仲良しになりましたか」

思わず笑っている二人を、神父は見守っている。この平和な空間が、ものすごく心地よい。エバンス家とは雲泥の差だ。

「では私は失礼します」

神父はそう言って退室していった。

「すごく優しそうな神父さまですね」

「ええ。当校生徒たちの、よき父であり相談相手です」

何百人もいる生徒たちに、そう思われている。本当ならすごいことだ。

自分の父は。――――父は。

なんだか、やるせない気持ちになってくる。

(ううん。ぼくは贅沢(ぜいたく)を言える身分じゃないんだから)

考えれば考えるほど、苦いものを飲み込む気持ちになる。

本来ならば自分は養護施設にいた身だった。それなのにパブリックスクールなんて、お金のかかる学校に編入できたのは、父の恩恵だ。

たとえ世間体のためだとしても、感謝しなくては。頑張って勉強して、自立しなくてはならない。誰かに頼って生きるのは難しいのだ。

「どうしましたか?」

優しい声に顔を上げると、テオドアが自分を見つめていた。もしかしたら蓮來は自分の考えに耽って、無作法な態度をとっていたかと焦る。

「いいえ、神父さまはすごいなって思って。ぼく、父と初めて会った時、ぜんぜん受け入れてもらえなかったことを思い出して、それで」

ぽろっと父の話をしてしまって、自分でも驚いた。

リオンにはいろいろと告白したが、なぜ貴族の嫡子なんて別世界の人に、自分の家庭環境を吐露しているのだろう。

面白くもない、みっともないだけの話。こんなの、誰も聞きたくないのに。

「すみません、なんでもないです。あ、あのパイプオルガンすごいですね。初めて見ました。演奏とか、いつするんでしょうか」

祭壇の奥に飾られたパイプオルガンを指して、どうでもいい話をしてみる。

落ち込み始めると、すごく深いところまで落ちる。自分でも厄介な性分だと自覚はあった。だから、普段の生活では誰にも身の上話はしない。

だって、誰が興味あるだろう。

何も持たない惨めな奴の、鬱陶しい自分語りなんか、誰が聞きたいだろう。

「聞かせてください」

気がつくと、テオドアは蓮來の目の前に立っていた。

「聞きたいって、何をですか」

「きみがお父さまに受け入れてもらえなかった話。最初から聞きたいです」

「……どうしてですか」

「今日は礼拝堂を訪れる生徒もいません。私に話をするのは、嫌でしょうか」

リオンにも家のことは、ぽろっと言ってしまったぐらいだ。蓮來にとって、それほど不愉快でもタブーでもない。

それより、どうしてこんな話を聞きたいのだろう。

二人は木製のベンチに、並んで腰かけた。

「ぼくは幼い頃に、母を亡くしました」

身の上話は、得意じゃない。それでも訥々と話を続ける。

「シングルマザーだった母には、頼れる家族も親戚もいなかった。とつぜん母が死んで、ぼくは身寄りがなくなってしまったので、養護施設に引き取られました。そのあいだ、父はぼくの存在を知っていたのに、母の訃報も知っていたのに放置したんです」

英国と日本。離ればなれでも、自分の子供のことを心配する人は多いだろう。だけど彼は、そうじゃなかった。

「父は、卑怯だと思います。身寄りがなくなった子供を、引き取ろうとしなかった。たぶん顔も知らない厄介者なんかに、構っていられなかったんだと思います」

これは被害妄想だろうか。いや、初対面の時から自分を見る父の視線は、厄介者を見る目だった。被害妄想なんかじゃない。

英国の家庭と、そして妻の親が経営する会社で、安穏と暮らしていたのだ。

「日本から英国に来て、初めて父と対面しましたが、ぼくがずっと夢見ていた父親像とは、かけ離れていました」

「夢見ていた父親像？」

「温かくて、優しくて、ちょっと嫌なことがあっても一緒にいると、ぜんぶ忘れられる、……クマさんのぬいぐるみっぽい人がいいなって、ずっと思っていました。でも、現実の父は厳しい人だったから、ガッカリです」

ちょっと肩を竦めてみせ、小さく笑った。

「ぼく、……小さい頃に、嫌な思いをしたんです。その時、施設の人たちがアイツを捕まえて、罰してくれた。でも」

本当は一人になった時、すごく怖かった。

ベッドの中で毛布にくるまっても、身体の震えが治まらなかったのを覚えている。

「そんな時、お父さんやお母さんがいてくれたら、きっと助けてくれるって泣いていました。他愛ない夢ですけど、そう思うことで精神を保っていた気がします」

その恐怖は事件後も続き、結果として接触恐怖症になってしまった。母親が亡くなっていたので、父への期待はあった。精神的な支えになるかもと、思っていた。

でも、そんなものは夢だった。母が死んだ時、自分を引き取ろうとしなかった男を、どうして頼りにしたりしたのか。

「初対面のぼくを見て吐き捨てるように貧相な子供だって言いました。その後も続けて、期待して損したと言いました」

あの瞬間、蓮來の中の父親像は砕け散った。ようやく目が醒めたのだ。

「きみが小さい頃に遭遇した嫌なこととは、なんだったか訊いてもいいですか。もちろん、嫌なら答えなくて結構です」

遠慮がちなテオドアの問いかけに、蓮來はそういえば話していなかったと気づく。

「母が亡くなって、施設に保護されました。そのことは、本当に感謝しています。でも、その施設の臨時の職員に散々な目に遭わされました」

「散々な目とは？」

「相手は子供相手に興奮する、変態だったんです」

その問いかけに、偽悪的な答え方をする。

蓮來の告白を聞いて、彼はどんな反応を示すか。自分を遠ざけるか、同情的に涙を浮かべてみせるか、汚いもののように扱うか。

「子供を殴り性的に悦ぶ、最低な奴でした」

なるべく感情を込めず、サラッと言ったつもりだった。気にしているとか、傷になっているとか、思われたくなかったからだ。

「……身体の暴力だけでしたか」

慎重な声に、彼の懸念がわかった。性的な被害に遭っていないかという意味だ。

「暴行って、いろいろあると思います。ぼくに手を出した奴の性癖は、子供を叩くだけでなく、最終的には顔に自分の精液をかけることが快感だったようです。愚かで情けない変質者だと、今でも思います」

自虐的だとは思ったが、あえて過去の傷を晒（さら）した。

（こんなことを言ったら、引かれちゃうだろうな）

話の後、彼の自分を見る目が変わるだろう。人というのは、なぜか被害者を責める。お前が誘ったとか、いやらしい顔をしているから悪いとか言うのだ。

テオドアが変わるところを、見てみたかったのかもしれない。

汚いものには近づかない人だと、はっきりさせたかったのかもしれない。どちらにしても、趣味が悪いと自分でも思う。どうしてそんなことを、考えるのか。

誰かを信じたいけれど、信じることこそが怖かった。

なぜなら人は裏切る。人は嫌う。人はバカにする。人は利用する。養護施設に入っているというだけで、差別的なことを言われた。それだけじゃない。人は。

人は――――死ぬ。

いろいろな理由で自分から、離れていってしまう。この人はどうだろう。国籍も育ちも、ぜんぜん違う。この人は自分から去っていくだろうか。

繋がってもいないのに消えていくことを、自分は怖がっていた。

「そんなことがあったのですか」

テオドアは話を最後まで聞いた後、それだけ言った。話を聞いてもらっても、蓮來の気持ちがザワザワするばかりだ。

自分が駄々っ子みたいで、すごく嫌な気持ちがした。

「あ、でも、その職員は逮捕されて、服役しました。ぼくを殴っている現場を、職員に見られたんです。余罪もあったみたいで、執行猶予がつかなかったそうです。だから、もう納得しています」

思わず笑いそうになって目を上げる。すると、予想もしていなかった表情を浮かべたテオドアの顔があった。

「きみは、すごい子です」

静かな声で称えられる。気負ったところなど何もない、穏やかな響きだ。

「テオ……」

「過酷な境遇だったのにまっすぐ、歪むことなく育つ。すごいことです。きみの資質が健やかだからでしょう。誰でも、そうなれるものではありません」

「ぼくはすごくありません。別にまっすぐでもないし、いろいろ歪んでいます。テオはぼくのことを知らないから、そう言ってくれるけど」

「いいえ。きみは、どこも歪んでいません」

薄暗い礼拝堂の中は、天窓から届く陽差しだけが落ちてくる。

その空間の中で聞く彼の声は、神々しくさえあった。

「その人の目を見れば、話す言葉を聞けば、人間性は自ずとわかるものです。きみは強くしなやかな、すばらしい人ですよ」

力づけるような囁きに、知らずに張り詰めていたものが緩む気がした。

同情してほしいわけじゃない。哀れみを乞うのは、浅ましい行為だ。だけど、事実を時系列で話すと、どうしてもお情けを要求しているみたいで、気持ちが悪い。

リオンの時は、そこまで考えず話をした。でも、なぜテオドアには躊躇してしまうのか自分でも、わからなかった。

テオドアは懊悩する蓮來を見つめてから言った。

「きみに敬愛と敬意を。そして、出逢わせてくれた神に感謝します」

「あの……」

「よく頑張れましたね。きみは、すごい子です」

くり返し、すごい子と言われた次の瞬間、何かが頰をすべり落ちた。

なんだろうと思って頰に触れると、指先が濡れている。びっくりした。

涙だ。

どうして涙が出るのかな。彼のような立派な人が自分なんかに、敬意を払ってくれるか

ら驚いたのか

それとも、すごい子だと敬意を表されたことが、嬉しかったのか。

こんな人に巡り合わせてくれた神さまに、感謝の涙か。

――――たぶん、全部だ。

涙はさらに零れ落ち、服の胸元を濡らす。じわじわと伝わる湿った感触が、自分でも信じられなかった。

そんなことを考えていると、綺麗にプレスされたハンカチが差し出される。

「ごめんなさい。泣かせてしまいましたね」

優しい声につられるみたいにして、涙がまたあふれた。涙腺が壊れたのだ。

「ご、ごめんなさ、……ごめんなさい……っ」

恥ずかしい。みっともない。カッコ悪い。身の置きどころがない。

いろいろな感情が湧いては消え、湧いては消える。でも、涙は止まらなかった。

そんな蓮來をどう思ったのか、少し困ったような声がした。

「こんな時、きみを抱きしめたい。慰めと親愛のキスをして、よく頑張ったねと褒め称えてあげたい。――――でも、それができないのが悔しいです」

彼の顔を見ると、眉を寄せて沈痛な表情を浮かべている。

悲しませてしまったのだ。自分なんかの、くだらない過去話のせいで。

どうやったら、彼の心は晴れるのだろうか。蓮來を慰めることができないと言ったテオドアだったが、その彼をどうやったら晴れやかな気持ちにできるのだろう。

考えても、どうしたらいいかわからない。

その時、礼拝堂の中に鐘の音が聞こえてきた。神父が鳴らしているのだ。

「ああ、正午の知らせだ。では、昼食に……」

テオドアが言ったその時。蓮來は咄嗟に彼のベストの裾を掴んだ。接触恐怖症だというのに。

「蓮來、大丈夫ですか」

触られたほうが触った人間を心配するのも、変な話だ。しかし今の蓮來は、そう声をかけたくなるほど真っ青だった。

（ド、ドキドキしてる。心臓の音を聞かれる。落ち着け。落ち着け……っ」

滑稽だが、何年も接触恐怖症で苦しんできたのだ。一日や二日で治る問題ではない。

だが、蓮來は冷や汗を流しながら、テオドアの服の裾を離さなかった。

（こわい。怖い。怖い。――――でも）

怯える瞳で彼を見ると、迷いのない瞳が蓮來を見ている。その眼差しは誠実であり、慈しみにも似ていると思った。

（この人は、信頼していい。ひどいことも、イヤなこともしない。信じていいんだ）

直感にも似た本能が、そう囁いている。彼は、信頼に値する人物なのだと。

逢ったばかりに近い人を、どうしてここまで信頼できるのか。無防備になりつつある自分に戸惑っているのは、蓮來自身だ。

でも、この人を信じたいと思わせる何かが、テオドアには備わっている。

それは寛大な人間性だ。

他人に対して、こんな感情を持つのは生まれて初めてだった。

「こわくない……」

言葉に出してみて、ようやく身体の中に沁み込んでくる。

そうだ、怖くない。恐ろしくない。自分はこの人を信頼することに怯えない。

「テオドア、ぼくは、あなたが、こわくない」

一語一語、確認するように言葉にして話をした。自分に言い聞かせるように。

黙って蓮來の様子を見守っていた彼は、しっかりと頷いてくれる。

「ありがとう、蓮來。これからもよろしく」

そう言って微笑むテオドアの美貌が、胸に迫る。

こんなに美しい人が、いるなんて。

テオドアと出逢ってから、蓮來が変化していく。

それが少し怖いと、そう感じながら。

5

「毎日テオドアの部屋で勉強？　なんだそれは。どういうことだ。ああ、羨ましい」

リオンの本気としか聞こえない言葉に、蓮來も首を傾げた。

なんと夏休みのあいだ、テオドアが勉強を見てくれるというのだ。しかも、図書館では私語厳禁だから、自分の部屋においでと言ったので、さすがに蓮來も驚いた。

「妬ましい。どうして、あのテオドアに、きみが、編入したばかりのきみが！　どうしてだ！　どうして、そこまで気に入られたんだ！」

「気に入っているっていうか……、東洋人が珍しいだけじゃないかな」

正直なところ、いちばん戸惑っているのが蓮來だ。自分は特技もないし勉強など、追いつくだけで精一杯だと思う。

何がそんなに、彼の気を引いたのだろう。

「バロウズ校に何人の留学生がいると思っている。多くはないけど、日本人だって十数人はいる。だけど、テオ呼びできるのは、彼が認めた生徒だけだ」

どうやら、リオンはテオドア信者らしい。本気で悔しがってジタバタしている。

「そんなにテオが好きなの？」

「きみは間違っている。ぼくが彼にいだく感情は、好きではなく尊敬の念だ」

「じゃあ一緒にテオの部屋に行ってみる？」

「そんな無礼な真似ができるか。彼から招待を受けない限り行くことはない。ただし、きみが彼の部屋から帰ったら、微に入り細を穿つ報告を聞かせてもらう」

そんな話し合いを乗り越えて、翌日、蓮來はテオドアの部屋を訪ねた。

広い敷地内には、三階建てのハウスが八棟も建っている。蓮來のハウスから五分ぐらい歩いた場所に、テオドアの部屋があるハウスが建っていた。そこの三階にテオドアの部屋はある。ふだん怠けている蓮來などは、ちょっと溜息が出る。

（最近エレベーター使う癖がついていたから、いい運動になるな）

教えられた部屋は、階段を上りきったところだ。少しハァハァしながら、部屋の前に到着した。隣室の扉が開け放たれていて、中の様子が目に入る。

小さな机と本棚は空っぽ。ベッドはシーツもカバーも剝いだ状態だ。

ちょっと気になりながらも、テオドアの部屋をノックする。すぐに中から低い声が、どうぞと返ってきた。そのとたん、心臓が跳ねる。漫画で例えるならば、大きな書き文字で『ズッキューン！』というところだ。

（どうしてドキドキしているんだ）

声を聞いただけでドキドキなんて、我ながらおかしい。まるで乙女じゃないか。

意識すると、さらに鼓動が激しくなる。かぶりを振り、ドアノブを握ろうとした。

だが扉は内側から開いて、見慣れた青年の顔が目に入る。

「なかなか入ってこないから、どうしたのかと思いました」

「え、あ。はい、失礼します」

ちゃんとした答えもできないで、蓮來は中に入った。

最上級生の部屋は個室。蓮來がいる部屋より狭いが、そのぶん落ち着いていた。

なんとなく手持ち無沙汰で、なんでもいいから話したかった。

「扉が開いていたから見えたんですけど、お隣の部屋のベッドは、シーツまで剝いであるんですね。ちゃんとしてるんだなぁ」

何気なく訊くと、テオドアは少し肩を竦めた。

「いえ。隣人はダッドという名ですが、彼は学校を辞めてしまいました」

「辞めた……、あと一年で卒業なのに」

「家庭の事情です」

歴代首相を何人も排出した、バロウズ校。英国の一流大学に進学することを目標に、皆が勉強している。それなのに、最上級生まで来て退学。

(よっぽどのわけがあったんだろうな……)

確かに家庭の事情で辞めるのなら仕方がない。パブリックスクールは、とにかく学費がかかる。バロウズ校は全寮制だから、寮費もバカにならない。

これは父に、何度も念を押された。

そんなに金が惜しいなら、愛人の子をパブリックスクールになど通わせなければいいのに。そう思ったが、どうやら正妻のパメラに対して面目を保ちたいらしい。

父のことはともかく、学校を辞めてしまったダッドには同情を禁じ得ない。

「残念でしたね」

「そうですね。長年、共に高め合ってきた友人ですから、とても淋しいです」

素っ気ない口調だったが、それがかえって彼の気持ちを表しているようだった。本当に哀しい時、人はその感情を表に出すのが難しいと思う。

言い知れない空気になりそうだったが、テオドアが話を切り替えた。

「さて。テキストは持ってきましたか。少し勉強して新学期に備えましょう。きみはまだ、英語も戸惑うことが多いでしょうから、頑張らないとね」

耳に痛い言葉だった。本当に、本当に頑張らないと落ち零れる。

成績が下がったら、父は躊躇(ためら)いもなく学校を辞めさせるだろう。ここにはいないダッドの境遇は、ものすごくリアルだ。

「は、はい……っ」

蓮來の返事を聞いて、テオドアは晴れやかな笑みを浮かべた。

そうだ。自分は頑張る。父のためという思いは薄い。こんなふうに言ってくれる、テオドアのために頑張りたい。

彼の傍にいるために。

(え?)

自分の考えに、ハッとなる。頬が熱い。自分は今、何を思ったのだろう。

少しでもテオドアに認められるために。

(テオのために頑張りたいって、何を考えているんだ。彼は別に、関係ないじゃないか。いや、それより、彼の傍にいるためってナニ)

自分の考えが理解できない。一瞬でも、どうしてそんなことを考えたのか。

「どうしたんですか」

「ハイッ⁉」

話しかけられて、声が引っくり返る。それだけではない。心臓がバクバクしていた。汗まで浮かぶ。不審者だ。

「顔が真っ赤ですよ。急に熱でも出たみたいです。少し横になったたほうが」

「いいいえええっ! だいじょうぶです」

大丈夫ではない。しかし蓮來は譲らなかった。ここで大丈夫でないと、自分が認めたくなかったからだ。

(本当だ。顔が熱い。ぜったい真っ赤だ。どうしよう。恥ずかしい。どうしよう)

居たたまれなくなって、急に立ち上がる。しかし逃げ場はない。

「ごめんなさいっ、トイレどこでしょうかっ」

無作法の極みだと思ったが、テオドアは嫌な顔ひとつせず一緒に立って、こちらですよと案内してくれた。

下級生は地下にシャワー室があるが、最上級生は個室に小さなバスルームがあった。トイレとバスタブが作りつけられた、簡易なものだ。でも、清潔そうな感じがするし、共同でない浴室は羨ましいなと素直に思う。

室内はいい香りがした。きっとボディソープの匂いだろう。

普通なら入れない、彼の部屋にいるせいか。見ることなど叶わないはずの場所だ。こんなプライベートな場所に入り込むなんて、失礼なことをしてしまった。

溜息をついて、バスタブに凭れて座り込む。無様なこと、この上ない。しばらく同じ姿勢で固まっていると、扉をノックする音がした。

「蓮來、大丈夫ですか」

膝に埋めていた顔を、ハッと上げる。自分は何分、閉じこもっていたのだろう。慌てて返事をしてバスルームを出た。

「すみません。ちょっと慌ててしまって」

「そんなことはいいですが、具合でも悪くなったのかと心配しました」

優しい声でそう言われて、なんだか泣きたくなる。

どうしてこんなに、優しい人がいるんだろう。

テオドアに気遣ってもらうと、それだけで大事にされている気になる。彼は誰にでも優しいから、いい気になってしまいそうだ。

「テオはどうして、そんなに気を遣ってくれるんですか」

「は？」

家庭の事情は、もう話した。これで自分と一線を画されたら、彼とは縁がなかったのだと思うしかない。

「ぼく、人に優しくされるとドキドキします」

そう言うと彼は、困った顔をした。

「どうしてですか」

「優しくしてくれた人が、変わったら怖い。嫌われるのが怖い。……好きになったその人が、死んでしまうのも怖いと思うからです」

言っていて、なんだか情けなくなってきた。こんな立派な学校に入っても、自分はどこまでも情けない。

自分はバロウズ校に馴染めないと思う。

真っ白な羊の群れに紛れ込んだ、黒い羊だからだ。

誰とも馴染めず汚く浮き上がるけど、狼みたいに強くない。弱い弱い羊。

「ぼくは、劣等感の塊なんです」

悲しそうな声で言われ、俯いていた目を上げる。目の前には端整な顔があった。

「たくさんの事情を乗り越えて、きみはここにいる。すごい運命だと思いませんか。どれか一つ欠けても、私たちは出逢うことがなかったんです」

そう言われて、この巡り合わせに気が遠くなりそうになる。自分が生まれてから組み合わされた欠片の、どれか一つがなくても駄目なのだ。

テオドアの指先が、蓮來の髪に触れる。震えそうだったが、必死でこらえる。

「出逢えてよかった」

信じられないぐらい綺麗な、宝石の瞳。その光が自分に向けられていた。

「きみに出逢えたことも幸運だし、それにいただいたあの絵は、私の生涯の宝物です」

「テオ……」

ここにいて、いいのだろうか。この人は自分を嫌わないだろうか。

小さな子供みたいな怯えが走る。

その時、蓮來が心の中で思っていた恐れを、吹き飛ばしてくれる一言が耳に飛び込んできたので、思わず目を瞠る。

「きみがここにいてくれて、本当によかった」

こんなことを、母親以外の人に言われたことがなかった。

施設の中で苛められたことはなくても、どこかしら疎外感を感じ続けていた。

それなのに今は、こんなふうに求められている。

身体の奥から震え出し、細胞の一つ一つが喜びに、ざわめいてきた。

□□□

その日から始まった勉強会は、ただひたすら問題集を解いていく。それだけだが、ちょっとでも不明なところは、テオドアが丁寧に教えてくれた。

誰かに勉強を教えてもらうことなど、経験がない。いつも養護施設の狭い机にしがみついて、与えられた課題をこなすだけだった。

「四十分経った。区切りがいい。少し休憩しませんか」

そう言われて溜息が出る。こんなに集中して勉強するのは、初めてかもしれない。

「疲れたでしょう」

「はい、少し……」

「お茶にしませんか」

彼はそう言うと電気ポットを取り出して、お湯を沸かし始めた。先日の温室で飲ませてもらったコーヒーを思い出して、笑みが浮かぶ。

「どうしましたか」

「このあいだのコーヒーも、すっごくおいしかったです」

「インスタントですよ？」

可笑しそうに笑われて、少し恥ずかしくなる。蓮來は他人に優しくされると、ちょっとしたことが心に残る。そんなことを考えていると、目の前に小皿を出された。見るとそこには、硝子のように透明なものが乗っている。

「これは？」

「知人の奥さまが贈ってくださった、琥珀糖という日本のお菓子だそうです」

「こんなの、初めて見ました」

きらきらの、硝子の欠片みたい。

日本の菓子と言うが、和菓子というより宝石みたいだ。

「どうぞ座って。休憩しましょう」

休憩しようという言葉は、本当にありがたかった。頭を使いすぎたせいか、こめかみが痺れたみたいに疼く。こんな経験は、そうそうない。

「どうぞ召し上がれ」

「テオドアは食べないんですか。もしかして甘いものが苦手とか」

「逆です。甘いものが好きなので、恥ずかしくて大っぴらに言えないんですよ」

「恥ずかしいって？」

「男が甘いものを好きだなんて、大きな声で言えないでしょう？」

「アフタヌーンティーを大切にしているお国柄ですから、甘いものが好きなのは恥ずかしいことじゃないです。子供の頃から仲良くしてくれた神父さんも英国の人で、お茶の時はケーキの切り方が普通じゃなかった」

「普通じゃない？」

「明らかに大きさが違うんです。ほかの子たちのケーキが、こぢんまりしているのに神父さんだけ、どっしりして……」

そこまで言うと、二人でドッと笑った。

「どっしりしたケーキの切り方って……っ」

「本当にそうなんです。ほかのことはすごく丁寧で優しくて親身になってくれる、いい神父さんでした。でも、ケーキだけは別物だったようです」

「聖職者であられる神父さまがそんな」

二人で笑って、お茶を飲み甘いものを食べる。窓を開けてくれたので、いい風が頰を撫でた。勉強して疲れたけど、心地よい疲れだ。

バロウズ校に来てよかった。

まだ授業を受けてもいないのに喜ぶのはどうかと思ったが、それでもテオドアと出逢えて、こんな時間を持てたことが嬉しい。

この学校に来て、よかった。

テオドアと出逢えて、本当によかった。

6

その日は、突然やってきた。

リオンが外出許可を取り、朝から出かけた日。蓮來は数学のテキストと格闘していた。理数系は苦手なため苦戦していたその時。

トントントンッ。速いノックの音がした。椅子から立ち上がって扉を開くと、驚いたことに、そこに立っていたのはイクスだ。

彼には憎まれている上、イクスはテオドアに憧れているらしいので、お気に入りとなった蓮來はこの異母弟に、徹底的に嫌われていた。

「やぁ、イクス。どうしたの？」

嫌われていることは承知の上だが、蓮來自身はこの弟が嫌いではない。

養護施設で、こういう子は何人も見てきた。親に会えない淋しさから、人に当たり散らす子供たちだ。人に盾突いて、嫌がることをして関心を引こうする。

そんなことをして好かれるわけもないのに、そうすることしかできない。親から愛される量が、絶対的に少ないからだ。

蓮來は幼い頃に職員に悩まされ、接触恐怖症と戦っていた。そのため親の愛を求めている暇がない。苦難続きの幼少時だった。

(イクスのこのひねくれは、自分だったかもしれない)

どうしてそんなことを思ったのか、蓮來自身もわからない。

父は母と関係があったけれど、たぶん彼は貧しい日本人女性と結婚するなんて、考えもしない。イクスの母のように裕福な家庭に生まれ育った、令嬢しか選ばなかったのだろう。

どうして母は父の本性に気づかなかったのだろう。

(ぼくのお母さんは優しくて綺麗な人だったけど、人を見る目がなかった)

裕福な家庭に生まれ育った弟は、何不自由なく育った。パブリックスクールで学び、成績優秀な彼。このまま望む大学に進学を果たすだろう。

エバンス家の、豪奢な屋敷。たくさんの使用人たち。なんの不自由もない生活。きれいな母親。怖いけれど威厳のある父親。

何もかも蓮來が持っていないものばかり。

イクスは施設の味気のない食事も知らないし、凍てつく冬のすきま風も知らない。

でも。

でも蓮來なんかより数倍どころか、数万倍も恵まれている弟は、どうして養護施設にいた子供たちと同じ目をしているのだろう。

「覚えが悪いな。イクスじゃなくて、イクスさまと呼べ」

相変わらずの台詞に、溜息だけじゃなく笑いも洩れそうになる。

だが、この憎まれっ子に礼儀を教えなくてはならない。家庭では立場が違うが、学校では蓮來のほうが学年が上だ。

「バロウズ校では、上級生は絶対だよね。きみは十学年、ぼくは十一学年。敬意を持って接しなければ、学則違反だよ」

しれっと言ってやると、衝撃を受けた顔をされた。

(パブリックスクールの生徒にとって、年功序列は絶対。逆らえないことだし、小さな頃から徹底して育っているもんなぁ。虎の威を借る狐になっちゃおう)

蓮來は優位に立ち、やれやれと胸を撫で下ろす。だが、イクスの反応は違った。

彼は笑っていたのだ。

(あれ? まだイチャモンつけられるのかな)

「笑っちゃう。お前、バロウズ校の学生のつもりなんだ」

意地の悪い笑みを浮かべながら、睨(ね)めつけられる。そんな顔をすると、父にそっくりだと思った。

(親子だから仕方がないけど、嫌なとこが似るんだな)

「学生のつもりって、どういう意味?」

「パパから、なんにも聞いてないのか。愛人の子供なんて、信用されてないんだ!」

甲高い声でケラケラ笑われて、知らずに眉が険しく寄せられた。

(なんだかもう、すごく感じ悪いなぁ。お尻ペンペンしたいぐらいだ)

そんな蓮來の心境など知らないイクスは笑いたいだけ笑って、息を弾ませて顔を上げた。本気で爆笑していたのか、顔が真っ赤だ。

「パパはね、役員をしている会社の社長になる。わかる？　出世争いを勝ち抜いて、とうとう頂点を極めたんだ」

父が、社長に就任。思い描いていたよりも、ずっと早い昇進だ。

「もともと、おじいさまが会長だから、パパが社長になるのは当然なんだけど」

「それで？」

まさか父親が出世したからといって、ここまで浮かれるはずがないだろう。蓮來が先を促すと、イクスはまた大声で笑った。

「そろそろ、おじいさまも引退する。そうしたら、会社は名実ともにパパのもの。これでもう、隠し子でビクビクすることはない。お前は用済み。用済みなんだよ！　高い金を出して、パブリックスクールに通わせなくていいってさ」

よほど嬉しいのか、目が輝いている。イクスにとって蓮來は悍ましい、排除するべき汚物なのだ。

ここまで剝き出しの悪意を向けられたのは、初めてだった。

「イクス……」

「パパから伝言があるんだ。さっさと荷物をまとめて戻ってこい。退学届はこちらで出すってさ。せっかく総代のテオドアに取り入ったのに、残念でしたぁ」

明るい笑い声が響く。はしゃいでいる弟の顔を、醒めた眼差しで見つめていたことに、彼は気がついていないようだった。

□□□

部屋に戻ってみると、リオンがいなかった。そういえば外出許可を取って出かけていることを、今さら思い出す。

「あ、そうか。リオンのおばあちゃん、何事もなければいいけど……」

力の抜けた声で、そう呟いた。リオンは命に別状はないと言っていたが高齢者の病気は、より心配だろう。

話を聞いてもらいたかった蓮來は、憂いながらも気が抜けてしまったみたいに、自分のベッドに座り、そのまま倒れ込んだ。

(ここを去らなくてはならない)

先ほどイクスから聞いた話がよみがえる。父は富豪なのに、金に汚いように蓮來には映った。言葉の端々に金の話が出ていたからだ。

彼は自分が損をするのはもちろん、誰かが得をすることも嫌でたまらないようだ。利用価値のない蓮來に、大金をかける必要はない。社長になるのだし、妻のパメラは会長令嬢。何も怖いものはないのだ。

その時空っぽの部屋の住人、ダッドのことが頭を過った。テオドアの隣室の生徒。家庭の事情でバロウズ校を去った最上級生。たぶん今までずっと幸福だった彼は、なんらかの理由で退学を余儀なくされた。

シーツに顔をくっつけていると、どんどん目が潤んでくる。涙だ。

どうして自分が泣いているのか、理由がわからない。

イクスの悪意ある言葉のせいか。父親である男の無責任さか。話を聞いてほしかったリオンの不在のせいか。バロウズ校への未練か。

それとも顔も知らないダッドへの同情の涙か。

(授業は大変そうだけど、頑張ろうと思ったのになぁ)

最初は英国の学校へ編入なんて、ものすごく面倒だと思った。言葉だって慣れないし、燕尾服が制服とか無理だと思っていた。

でも、入ってみると整然として、秩序があって、すばらしいと思った。自分もバロウズ校で学んでいきたいと思ったけれど。

そんな希望は、父の気まぐれで潰(つぶ)れてしまうのだ。

「もう、日本に帰ろうかな。エバンス家にいたって気詰まりだし、パメラもいい顔をしないだろうし。うん、それがいいかな。未練もないし」

うそぶいて、虚(むな)しくなってくる。

未練がないなんて嘘だ。いや、心残りというべきか。それは。

——テオドア。

夢みたいに綺麗な人。いつも優しくて、いつも紳士で、自分みたいな子供の足元に、ためらいもなく跪いてくれた高貴な人。

蓮來が接触恐怖症でも、ぜんぜん嫌がったりしなかった人。

彼のことを思うと、また涙があふれてくる。流れた涙はこめかみを伝い、シーツに沁み込んでいく。こんなことで泣くなんて、情けない。

悲しい。すごく悲しい。

起き上がり、ベッドに膝をかかえて座り込んだまま、身動きが取れなくなった。

食事の時間を知らせるチャイムが、ハウス内に流れている。だけど、立てなかった。気力が根こそぎ奪われた気がする。

そのまま座り込んでいると、ノックする音がした。のろのろ立ち上がり扉を開けると、立っていたのはハリルだった。

「食事の時間に現れなかったね。調子でも悪いのかな」

優しい声に、力なく頷いた。

「すみません。風邪をひきました。自分の体温計で計ってみたら、微熱があります」

そう言うとハリルは心配そうな顔をした。

「保健室へ行こう」

「いいえ、ぼく小さい頃から、よくこんな熱が出るんです。二、三日ぐらい寝ていると治るんです。医者から処方された常備薬も持っていますから、心配いりません」

口から出まかせだったが、あまりに慣れた口調だったせいか、ハリルは信じたようだ。

一回引き上げると、しばらくして食事の乗ったトレイを持って、ふたたび現れる。

「残していいから、食べられるだけ食べなさい。食器はトレイごと、廊下に出しておけばいい。もし熱が上がったら、廊下に備えつけの直通電話から、連絡すること」

ハウス内に部屋を持つハリルは、電話のことを教えてくれた。礼を言って部屋に入ると、渡されたミールトレイを机の上に置く。

「嘘ついちゃった……」

歴代首相からノーベル賞受賞者、有名俳優まで輩出しているパブリックスクール。その中でも上位にランキングされるバロウズ校。規律は厳しいし勉強も大変そうだが、内部の人はこんなにも温かい。

（でも、自分はもうここにいる資格がなくなったんだ）

そう考えると哀しくて、涙が出る。日本に帰ったら、また養護施設に逆戻り。どこにいても勉強はできるけれど、この学校と比べてしまうだろう。

礼儀作法も意識も、ぜんぜん違う。紳士たるべくして学ぶ、バロウズ校。

そして施設には、彼がいない。どこにもいない。

テオドア。

施設どころか日本のどこにも、いや、英国のどこにもいないだろう。この学校を出てしまったら、二度と逢えないのはわかりきっていた。

今まで嫌な思いや、怖い思いをたくさんした。そのたびに泣いて、それからなんとか顔を上げた。そのくり返し。だけど。

この学校から出てしまったら、もう立ち上がれない気がする。

それは蓮來の心が、これ以上ないぐらい絶望していたからだった。

□□□

けっきょく微熱を理由に、三日間も部屋から出なかった。

通常なら病院に連れていかれるところだろうが、慣れない異国での寮生活がストレスだったのだろうと、格別のお目こぼしを賜った。

しかし、いつまでも寝ているわけにいかない。

四日目の朝、ようやくベッドから起き上がる。今日こそは、ちゃんと生活しようと決めた。

バロウズ校から自分がいなくなったら、テオドアはすぐに忘れてしまうだろう。そもそも縁があったこと自体が奇跡だ。施設にいたら、出会えなかった人だ。

いつ父親から戻ってこいと連絡があるか、この三日間ビクビクしていた。だが、そんな連絡は入っていないようだ。ハリルも何も言わなかった。

テオドアに言わなくちゃ。日本に帰ることになりましたって。

さよならですって言わなくちゃ。

そう思ったら、いてもたってもいられなくなった。

もう、彼に会うことができなくなる。

温室で話をしたり、彼の部屋で勉強をしたりできなくなる。海を渡ってしまったら、会うことだってできなくなる。

そもそも、伯爵家の人とそう会えるわけがない。

「――どう、しよう……っ」

足元が崩れるみたいな、変な感覚だった。部屋を飛び出そうとして、思い直して戻り、自分のロッカーを開いた。そこには数少ない古い衣類と、普段着ていた制服。それにネクタイ。

そして、もう一着、新品の服が下がっている。

そう、燕尾服だ。

気恥ずかしくて、試着の時しか袖を通すことがなかったそれは、制服だというのに、すごく上等な布地と縫製で作られていた。

新学期になったら袖を通すはずだった、ぴかぴかの服。

着る時は、きっと緊張する。ドキドキして、気恥ずかしくて、タイの結び方はリオンが教えてくれたけど、絶対に下手な仕上がりに笑われる。

たぶんテオドアも、笑いをこらえるに違いない。でも彼はジェントルマンだから、おくびにも出さないで優雅に微笑んで、言ってくれる。

(とても似合いますよ。小さな紳士だ)

そんな賛辞に自分は、嬉しい気持ちと、面映ゆいドキドキを味わうだろう。

でも。

「でも……、着てみかったたな」

新品の制服なんて、初めてだった。中学の時も高校の時も、養護施設に寄せられる善意の古着だったからだ。

　今どきお古の制服なんてと思うが、当時は施設の財政状況が厳しかったそうだ。誰かが着ていた服はサイズが合わないし、生地が擦り切れているから居たたまれない。

　だから完璧なオーダーメイドじゃなくても、自分のために用意された服が、本当は嬉しくて仕方なかったのだ。

「もう最後だし、一回、着てみようか」

　学校を去るのだから、制服なんて売られるか、捨てられるか。

　欲しいと言えばくれるかもしれないが、父に頼み事をしたくなかった。

　特別な決まりはないが、生徒たちは普段、格式張らないブレザーが多いとリオンが教えてくれていた。

　燕尾服は式典や、特別な時の制服なのだ。でも、だからこそ今、着たかった。

　これを着て、テオドアに逢いたかった。

「おー……」

　見よう見真似で着た燕尾服は、意外なほどに似合っていた。

　蝶ネクタイなんて、きっと七五三みたいになると思っていた。けれど鏡に映る自分は、悪くない。背伸びをしているのは否めないが、そこはご愛敬だ。

　やっぱりテオドアは、小さな紳士と賞賛してくれるだろう。そんな気がする。

「……うん。最後だし、テオに見てもらおう」

そうだ。学校を辞めるけれど、父の気まぐれが理由とは言いたくない。変なプライドが顔を出す。父親の話なんかしたくなかった。

テオドアは伯爵家の嫡男で、何もかもすぐれている。そんな人に、自分の親が恥ずかしいとは言いたくなかった。

とりあえず身だしなみを整えて、テオドアのいるハウスへと向かった。初めて着た燕尾服は、思っていた以上に動きやすい。

彼の部屋があるハウスに入ろうとすると、背後から「おい」と声をかけられた。嫌な予感がしながら振り返ると、イクスが立っている。

「お前、まだ学校にいたのか」

(また出たよ)

ウンザリする気持ちで目を逸(そ)らすと、そのとたん、大声で嗤われた。

「学校を辞めることが決まっているのに、なんで制服に袖を通しているんだよ」

相変わらずの憎たらしさだ。彼の表情は、嘲笑に満ちている。

「新品の燕尾服、着心地はどう？　どうせ捨てるものだし、お前に恵んでやるようパパに言っておいてやるよ」

面白くて仕方ないといった声であおられたが、怒る気になれなかった。

だんだんこの弟が、可哀想(かわいそう)になってきたからだ。

裕福な家庭。行き届いた環境。なに不自由のない生活で育ったはずだ。それなのに、ここまで悪意に満ちた言葉を吐けるのは、それは――。

だがイクスは蓮來の気持ちなど、知る由もない。なおもヒステリックに続けた。

「本物の紳士はサヴィル・ロウで仕立てるけど、愛人の子供は、制服の燕尾服で大喜びなんだね。結局お前なんか、上流階級に憧れる田舎者なんだよ」

その嘲る言葉を聞いて、悲しくなる。わかりやすい言葉であおりを入れてくる義弟に、もういいよと言ってやりたい。

大嫌いなぼくは、もうじき姿を消すよ。もう憎まなくていいんだよと。

「きみの言葉は品位に欠ける」

その時、背後から毅然とした声が聞こえて、慌てて振り向いた。

テオドア。

彼は今まで見たこともないぐらい、冷たい表情を浮かべている。嗤っていたイクスが、とたんに真っ青になった。

「テオドア、違います、これには理由が……」

「どのような理由があろうと、恥を知りなさい」

慌てて弁明しようとするイクスに、冷たい視線が向けられた。

「人や家族に敬意を払う。それはバロウズ校の生徒として、当然の矜持だ。だが、きみは今、感情に任せて悪し様に蓮來を罵っていただろう」

ずいぶん前から、話を聞かれていたのだ。イクスは目に見えて慌てている。そんな彼にテオドアは、なおも叱責を止めない。

「蓮來はきみの兄であり、上級生だ。蔑ろにする理由はない。たとえ理由があったとしても、当校の生徒ならば乗り越えたまえ。汚い言葉は、自分を貶めるものだ」

イクスは拳を握りしめていた。その手はブルブルと震えている。

「家族なんかじゃ、兄なんかじゃありません！　こいつの母親は卑しい女だ。ぼくの母を軽んじて、結婚していた父と関係を持っただけの薄汚い女なんです！」

変声期前の彼の声は、少女のようだ。聞く者の心を、搔(か)きむしる。

「それに、蓮來は退学が決まっています。もうここの生徒じゃない！」

上級生に対して口ごたえは、絶対に許されていない。破れば紙に名前を書いて貼り出され、厳しい罰則が待っている。イクスが知らないはずがない。

テオドアは無礼な下級生に対して、怒ることはなかった。

だが彼の表情は、ものすごく冷たい。

「理由の如何(いかん)を問わず女性を侮辱するのは、もっとも恥ずべき卑しい行為だ。それに学校を去るまで、蓮來は等しくバロウズ校の生徒。彼への無礼は、私が許さない」

けして激高することなく、静かな声でそう言うと、テオドアは蓮來をエスコートするようにして、ハウスの中へ入っていった。

扉が閉まる前に蓮來が振り返ると、イクスは背を向けている。

彼の肩は小さく震えていた。泣いているのだ。

立ち止まっていると、テオドアに行きましょうと促されたので、歩き出す。だけど肩を震わせていた幼い弟の姿は、いつまでも蓮來の心に残っていた。

□□□

「燕尾服を着たのですね。似合います」

テオドアの部屋に入ると開口一番、そう言われた。先ほどの厳しさが嘘のような、優しく慈愛に満ちた声だった。

(いきなり、それ?)

さっきまでの怒りなど、微塵も感じさせない。戸惑って二の句が継げなかった。だが。

「とても似合います」

もう一度、同じことを言われたのでドキドキしながら、笑みを浮かべた。

「初めて燕尾服を着ました。変じゃなきゃ、よかった」

ふだんの蓮來ならば絶対にやらない、おどけた口調だが、テオドアは目を細めている。

「ええ。素敵です。制服で着慣れたら、採寸して仕立てる。サヴィル・ロウは、紳士服のメゾンが連なる通りの名です。いつか一緒に行きましょう」

その言葉に、ヒヤッとする。イクスが言っていたサヴィル・ロウの名が出たからだ。いったい彼は、どこから話を聞いていたんだろう。

「テオ、あの……」

「そういえば、先ほど彼が言っていた学校を辞めるとは、なんのことですか」

微笑んでいる表情は変わらないのに、目は笑っていない。

それが怖くて、声が出なくなってしまった。

「……あ、の……」

蛇に睨まれた蛙（かえる）という言葉があるが、今の蓮來はまさにそれだ。自分は蛙ではないし、ましてやテオドアは蛇ではない。

どうして、こんなことを思ったんだろう。

「あの、ぼくは日本に帰ることになりました」

「それはなぜですか」

低い声で問われて、思わず身を竦める。言い訳を考えておいて、よかったと思った。

彼に心配をかけたくない。

ましてや、父が勝手に自分を英国に呼びつけ、自分の社長就任が決まったとたん放り出されたなんて、知られたくない。

　この変な意地っぱりは、自分でもよくわからなかった。

「確かきみは天涯孤独で、日本に待つ人もいないと言っていませんでしたか？」

　核心を突かれたが、必死で笑顔を作った。

「家族は死んじゃいましたけど、大切な友達がいます」

「それは嘘でしょう」

　ふい打ちで言われて、顔を上げる。彼の表情が厳しいものへとなっていた。

「嘘じゃありません」

「では、なぜ私から目を逸らしているのですか」

　顔を見ることができなくて、無意識に視線を合わせないことを追及された。

「日本人は恥ずかしがりなんです。人の目を見ることに慣れていません」

　このムチャクチャな言い訳を、テオドアは信じていないようだ。それも当然だ。

「私のことが、嫌いになったからですか」

「違います」

「ではどうして？　日本の友人が恋しいなんて、これも嘘でしょう」

「嘘じゃありません。帰りたい理由を嘘と言われても困ります。決めつけないで」

　確かに学校にも施設にも、友達を作ることさえしなかった。それなりに仲良くはしていたけど、親しい人はいない。

「では、私と離れて淋しくないですか」

その一言に、言葉が出なかった。

呆気に取られたと言ったほうが当たっているかもしれない。

「私は淋しい。とても淋しいです」

信じられない思いで、彼の告白を聞いた。ふざけているとしか思えない。自分なんかのために、テオドアがここまで言うなんて。

「きみに触れられないのは仕方がない。でも、会えないのはつらい」

「テオ」

「苦しい。つらい。切ない。悲しい」

「テオ、……テオ……、やめて」

「きみと離れたくありません。いいえ、離さない」

「もう、言わないで……っ」

胸が引き絞られるみたいに、痛かった。

この人と、一緒にいたい。

彼が卒業するまでの一年間、ずっと傍にいたい。離れたくない。

一人になりたくない。

涙が頬を零れ落ちた。あっと思ったけど、雫は胸元を濡らし沁みを作る。

きれいな、初めて袖を通した服を汚してしまったと思った、その時。

一瞬だけ、強く抱きしめられた。

蓮來は身構えることもできたが、あえて無防備に抱きしめられたままでいた。

つかのま感じた体温と、髪の香り。その後に訪れる、信じられない高揚。

それは人に触れた時に感じる恐怖でも、怯えでも、嫌悪感でもない。湧き起こるのは、今まで感じたことがない愛おしさ。

愛情の確認だった。

「きみの恐怖症を知っているのに、無礼な真似をしてしまった」

謝ろうとする彼の唇を、蓮來は思わず指で塞ぐ。驚いた顔をするテオドアを見つめたが、何も言えなかった。

言葉は、役に立たない。

乱暴された幼い日も、父親の好き勝手に学校に入れられた時も、辞めさせられそうになっても、そして今も言えることはない。

でも。でも、それでも。

蓮來は彼の唇を押さえていた手を退けると、背伸びをしてキスをした。

掠めるような、触れるか触れないかのキスだ。

「さようなら」

「蓮來……」

「さようならテオドア。……あなたが好きでした。さようなら」

絞り出すような声で、それだけ言った。そして廊下へ飛び出すと、階段をものすごい勢いで駆け下りる。よく転げ落ちなかったと、あとで思うぐらいの速度だった。

いつの間にかあふれていた涙を手の甲で拭う。泣くなんて恥ずかしい。まるで子供だ。泣いてどうなるというんだ。

その時。

「蓮來！」

大きな声に顔を上げた。見上げると、三階の窓から身を乗り出すようにして、テオドアがこちらを見ていたのだ。

「テオ……」

大きな声を出したら、先生に見つかる。そう思い、必死でかぶりを振った。

「蓮來！　蓮來！」

だけど、彼は構わず大声で蓮來を呼ぶ。瞳からまた涙があふれた。

こんな場面が、あの物語の中になかったろうか。

バルコニーにいるジュリエット。地上から彼女を呼ぶロミオ。そうだ、あの有名な台詞

はこうだった。ロミオ、ロミオ。あなたはどうして、ロミオなの。

でも現実の自分は土の上。ロミオのはずのテオドアは見上げるほど高い場所にいる。まるで現実の二人を、具現化したみたいだ。

「蓮來、戻ってきてくれ！　蓮來！」

いつも丁寧な言葉しか使わない彼の叫び声は、聞いているだけで魂が震えた。

でも、もう誰かに聞かれてしまう。夏休み中だが、自主的に生徒は戻りつつあるのだ。それだけは避けなくては。自分はどうでもいい。愛しい人に傷なんかつけられない。

そのまま蓮來はハウスに戻ると自室に入り、扉の鍵を後ろ手で閉める。そして立っていることもできず、床にしゃがみ込んでしまった。

涙があふれて、あふれて、溺れて死んでしまいそうだ。

さようなら。さようなら。初めての英国。初めてのパブリックスクール。

何もかも始まる前だったけれど、さようなら。

さようなら。初めての、そして最後の王子さま。

テオドアと会った時、彼は蓮來をジュリエットのようだと言った。けれど、それは違う。

自分は恋しい人と添い遂げるために、狂言自殺などしない。

死ぬことで、恋愛を成就させるなんて、どれだけ滑稽で傲慢（ごうまん）だろう。

夢見がちで幼いジュリエットは、自分が恋に焦がれて死にたかっただけ。哀れなロミオは、狡猾(こうかつ)な死出の道連れに選ばれてしまった。

(ぼくは死にたかったら、一人で死ぬ。テオを道連れなんかにしない)

膝をかかえて泣いたせいで、新品の制服に涙の跡がくっきり沁みている。せっかくの燕尾服が、台無しだ。

きれいな童話のお姫さまは、いつでも王子が迎えに来てくれるけど、床に座って泣くしかない蓮來には、誰も迎えに現れない。

もちろんテオドアも来なかった。

もしかしたら。本当に、もしかしたら追いかけてきてくれるかも。そんな女の子みたいな期待をしていなかったと言えば、嘘になる。

本当はちょっとだけ、ほんのちょっとだけ期待していた。

かわいそうに。もう泣かないで。

そんなふうに慰めてほしかったのか。もう怖い思いはさせませんと言って、抱きしめてほしかったのか。

いや、そんな甘い夢をいだいて、逃げ出したわけじゃない。

——ただ彼の腕の中で安心したかった。

でも、王子さまは来ない。誰も来ない。床に座り込んで惨めに泣く自分なんか、誰にも愛されない。

テオドアは気づいたのだ。蓮來がジュリエットではないことに。
だって彼は一流のものに囲まれた人。真贋を見極める慧眼を、持っているのだ。
自分はバロウズ校を去らなくてはならない。誰にも必要とされていないのだから。
偽物のジュリエットはいらない。自分はいらない。
はい、おしまい。

7

蓮來は一晩中、眠ることもできずに過ごした。

朝陽が窓から差してきて、ようやく顔を上げる。ずっとメソメソしていたから頭が重いし、目が開かない。自分が嫌になった。

(どんだけヒロインぶっているのかな)

ゆっくり顔を洗って髪を整える。みっともないところは、誰にも見せたくない。それから着続けていた燕尾服を脱ぎ、制服のシャツとズボンに着替えた。

もう学校は退学することが決まっているのだから、Tシャツにジーンズでいいのにと思った。だが、それは嫌だった。

『それに学校を去るまで、蓮來は等しくバロウズ校の生徒だ』

テオドアの言葉がよみがえる。そうだ、退学することが決まっているけれど、自分はこのバロウズ校の一員なのだ。

(もう生徒じゃなくても、テオが認めてくれているんだ。だから、学校の名に恥じない振る舞いをしなくてはならない)

身支度を整えてから一晩中ずっと着ていた制服に、アイロンをかける。それから、借りっぱなしだったテオドアのハンカチも、きちんと洗ってアイロンをかけた。

バロウズ校は洗濯だけはしてもらえたが、それ以外は各自の責任。

アイロンは自分でやらなくてはいけない。テオドアは几帳面に、ハンカチにアイロンをかけていた。

なんだか、彼らしい。

まだ十七歳の未来の伯爵。そんな人が自分のハンカチを、丁寧にプレスする姿を想像すると、口元が緩みそうだ。

アイロンが終わるとコードを抜き、机の上で温度を冷ましておく。蓮來の手には、ピシッとなった上等なハンカチ。それに触れるか触れないかの、小さなキスをした。

彼に触れることは、もうできない。

人に触れられるのは、以前は怖かった。だけど今は狂おしいほど、彼に触れたい。

せめて、このくちづけが届きますように。

ハンカチは紙袋に入れて、これも机に置く。あとでハウスマスターにお願いしておけばいいだろう。

ふと、父から何も知らせがないことが気になった。イクスの話では、学校を辞めさせると言われるはずだが、省略されたのかもしれない。

どちらにせよ、荷物をまとめておかねばならない。洋服やパジャマをトランクにしまっていると、性急なノックの音が響く。

「こんなに早くから、誰だろう」

時計を見ると、まだ午前七時を回ったばかり。早朝の知らせなんて、火急の要件しかありえない。

不安な気持ちで扉を開くと、そこには寮長先生であるハリルが立っていた。

「先生、どうなさったんですか」

蓮來の言葉に、ハリルは硬い表情だった。

「蓮來、今エバンス氏が一階の応接室にいらしている。一緒に来てくれ」

「父が？」

時刻はまだ早い。まだ夏休み中なので、生徒たちは皆が部屋で寝ているか、おのおの自習をしていたり、朝食を取ったりしている時間だ。

そんな時にハウスマスターが部屋に来たら、嫌でも不安はあおられる。

「あの、父が来るなんて、何事でしょうか。何か不測の事態が起きたんじゃ」

あの尊大な男が、わざわざ学校に来るのだ。ただ事じゃないだろう。蓮來は、あれこれ頭を巡らせる。

考えられるとしたら、蓮來の退学が決まったことだが、あの父がわざわざ迎えになど来るだろうか。

胸騒ぎを覚え、早口で問いかけたが、ハリルは何も言わない。

「とにかく、エバンス氏の話を聞こう。イクスも、もう部屋の中にいる」

「イクスが？」

どういうことだろう。蓮來を迎えに来たというなら、イクスを呼び出すわけがない。

父にとってイクスは、大事な実子。蓮來とは扱いが違う。たいした用事でないなら、呼び出すことはないだろう。

（どうして先生は、何も言ってくれないのだろう。不安が増すばかりだ）

ハリルの後ろをついて歩きながら、嫌な予感がどんどん湧き起こる。これは幼い頃からの苦労性がなせる、悲しい性だ。

応接室の前に着くと、ハリルはノックをする前に、蓮來を振り返った。

「先生？」

いつも明るいのに、彼は思い詰めた顔をしていた。

「動揺してはいけない」

「あの……？」

「どのような事態が起こったとしても、きみは等しくバロウズ校の一員だ。矜持を持って、事態に備えなさい」

自身もバロウズを卒業したハリルは、低い声でそれだけ言った。

そしてすぐに扉を開く。中は大きな長椅子が向かい合わせで置いてあり、そこにはオリバーとイクスが座っていた。

これは、よほどの緊急事態だ。蓮來はそう思ってイクスを見た。彼は俯いていたが、その顔色は真っ青だ。

何が起こったのだろう。不安になって、誰かが口を開くのを待った。その時、ノックすることもなく扉が開いた。

「あなたは……！」

蓮來から驚きの声が上がった。それも仕方がないことだった。

なぜなら目の前に立っていたのはパメラと、そしてテオドアだったからだ。

□□□

「ごきげんよう、蓮來」

「パメラ！　それにテオも。ど、どういうこと……っ」

パメラとテオドア。なぜ彼らが一緒に、このハウスの応接室にいるのか。

エバンス家の屋敷で会うパメラと、目の前に立つ彼女は雰囲気がまるで違った。

いつも柔らかな色合いのワンピースを着て、長い髪も下ろしていたパメラだったが、今は髪を一つに結い上げ、服もタイトなスーツ。耳を飾る大きなイヤリングも、これまでのイメージとは違うものだった。

「パメラ、今日はこんな早朝から、どうしたんですか」

「お知らせしたいことがあって、ハリル先生にお願いしてここを開けていただいたの。先生、感謝します」

部屋の隅にいたハリルは、ただ黙って頷くばかりだ。やはり、彼は何かを知っているのだろう。それにテオドアも。

いったい何が、起こっているのだろう。

「蓮來。わたくしは、あなたに謝らなくてはならないわ。あなたがエバンス家でオリバーにつらく当たられていたのに、わたくしは止められなかった。ごめんなさい。恨んでいるでしょうね」

つらそうな顔で告白されて、驚いた。

「ぼくがパメラを恨む？　なぜですか」

「あなたが意味もなく叱られているのに、何もできなかったのよ」

「ああ……、それは当然ですよ。誰だって、怖い思いをしたくないですもん」

あっさり蓮來が言うと、パメラは今度こそ目を丸くしている。すると、隣に立つテオドアが静かに「彼はそういう子です」と呟いた。

「蓮來は心優しくて、人を嫌いになれない。そんなまっすぐな子です」

きょとんとする蓮來に彼は少し笑った。

「手柄面をしないところも、彼の美点ですよ」

「いえ、ぼくは地味な性分ですから。手柄なんかないし」

言い募る蓮來に、とうとうパメラが笑った。

「あなたは優しい子ね。当家の男どもとは大違いだわ」

彼女はそう言うとソファに座ったままの夫と、そして息子を睨めつける。その彼女に、

「そんな大層なものじゃなくて、取り越し苦労性なんです。母が早くに亡くなっているから、つい、悪いことばかり考えちゃって。すみません」

蓮來は慌てて言葉を足した。

「……そう」

「今日はこんな朝早くから、お父さんもイクスもテオまで、どうしたんですか」

「わたくしがテオドアと、ハリル先生にも同席をお願いしました」

それを聞くとハリルは肩を竦め、近くの椅子を引き寄せる。

「私のことはお気になさらず」

パメラはその言葉に優雅な会釈を向けると、夫と息子を見た。その表情は、ハリルへの微笑とは別人の、きついものだ。間近で見た蓮來は、震え上がる。

頭に浮かんだのは、振り返ったとたん般若みたいな顔になる人形だ。

養護施設の社会科見学で観た文楽人形。梨割（なしわり）といって、いきなり鬼の顔に変身する。それをパメラで再見した蓮來は青くなる。

はなはだ失礼なことを考えながら、この不思議な会合に参加を余儀なくされた。

「まず、蓮來に話さなければならないことがあるの。イクスにはもう連絡したけれど、オリバーは社長就任を辞退することになりました」

「え……っ」

思わず声が出てしまった。父が就任辞退。どうして。

「先日の会計調査で、オリバーの贈収賄が発覚したんです。急きょ役員会議がひらかれ、彼は病気ということにして、退職が決定しました」

パメラの言葉をどう聞いているのか、父は無言で座っているだけだ。

「内々で処理できる金額でしたが、醜聞はできるだけ抑えたい。わたくしが社長を務めることが決定しています。それから、彼とは別居します」

「別居、ですか」

パメラは淡々と話を進めていくが、蓮來の顔色はますます青くなる。

別居。それはつまり。

「表面上は別居ですが、実質は離婚です。長いあいだの彼の仕打ちに、ほとほと嫌気がさしました。ほとぼりが冷めたら籍を抜きます」

話を聞きながら、蓮來はイクスが気になった。

彼はまだ十三歳。両親が離婚するなんて、不安で仕方がないだろう。学校だって、どうなるかわからない。今まで順風満帆の人生が、いきなり捻じ曲がったのだ。

何より、イクスに聞かせる話じゃない。

母親が目の前で、自分の父親を見捨てる言葉を吐く。そんなの子供が聞くべきことではないと思う。たとえそれが、さんざん意地悪を言った憎ったらしいイクスでも。

それでも、守ってやらなくちゃいけないと思う。

「離婚が決まったら、イクスはどうなるんでしょう」

慌てた蓮來をパメラは、まじまじと見つめた。

「あなたは優しい子ね、蓮來」

突然の言葉に戸惑っていると、パメラは口元に淋しそうな笑みを浮かべる。

「自分に歯向かってばかりのイクスなど、放っておけばいいのに」

その言葉で、イクスが自分に盾突いていたことを、彼女が知っていたと知る。

「イクスのことは、いつも気にかけていたし心配していたの。だからここにいるテオドアに、それとなく話を聞いていたのよ」

びっくりしてテオドアを見ると、彼はいつもと変わらない様子だ。だがイクスは気の毒になるぐらい、顔色が悪くなっている。

最愛の母に、自分の悪いところを知られたのだ。子供なら誰でも戦々恐々だろう。

なんだか、本当に可哀想になってくる。

「イクスは、お母さんが大好きなんですよ」

これを聞いて驚いたのはパメラだけではなく、座っていたイクスだった。

「どういうことかしら？」

ふいに幼い子供の声が聞こえた気がした。

ママ。

ママ、だいすき。

だいすき。

小さい子が母親にしがみつきながら、はしゃいでいるのが、目に浮かぶようだ。だから
イクスは見たこともない日本人の女が嫌いだった。蓮來が大嫌いだった。

幼い弟が言いたかったことは、母への思慕だ。

パメラはまだ首を傾げている。蓮來はイクスに、不当な言いがかりをつけられていたの
に、なぜ庇うのか理解できなかったのだろう。

その時、テオドアが話し始める。

「蓮來は多分、こう言いたいのです。母親は子供にとって、この世でもっとも尊い存在な

のに、その人がありながら彼の母と浮気した父を、イクスは許せない。だけど威迫的な父親に、盾突くことはできないから、憎しみは蓮來に向けられてしまった」

テオドアが丁寧に説明してくれて、蓮來も頷いた。

「彼の言う通りです。それがわかるから、ぼくはイクスに怒りは覚えません」

「蓮來……」

思わずといったふうに、イクスに名を呼ばれる。蓮來は大真面目な顔で言った。

「きみがぼくのことを嫌いなのは、よくわかっている。ぼくだって、きみなんか大嫌いだし、暴言はダメなとこだらけだ。でも、だからって憎いとは思わないよ」

イクスは泣きそうな、怒り出しそうな、そんな顔になる。その時。

「私は贈収賄の疑いをかけられるのは、納得いかん！　証拠を出せ、証拠を！」

とつぜんオリバーが立ち上がり怒鳴り始めると、テオドアと部屋の隅に座っていたハリルが立ち上がった。

二人とも鋭い目でオリバーを睨みつけている。激高した彼を警戒していたのだ。

「あなたが入社して役職についてからの経費を、ここに一覧にしてあります。明らかに多額のお金が、使途不明のまま消えてる事案が、多発している」

パメラは書類を示し、そう冷たく言った。

「あなたは、いつもそう。気に入らないことがあると、すぐに大声を出して威圧し、牽制(けんせい)

する。――幼稚だわ」

大声を出す夫に、彼女は冷ややかだ。

「会社のトラブルは、対応できないものじゃない。でも、あなたはまた女性を囲っているそうね。まだ若い子と聞いて、呆れたわ。何も学んでいないのね」

彼女は冷静だった。叱責するでもなく、事実だけを告げていく。

「蓮來に対しても、あなたの態度は酷いものだった。わたくしに負い目があるからか、ことさら蓮來に冷たく当たり続けた。イクスまで調子に乗って、つらく当たっていた。お詫びします」

パメラが蓮來に詫びるのを、イクスは困惑した顔で見ていた。彼がしたかったのは、最愛の母に謝罪させることではなかったからだ。

その二人を前にして、蓮來は淡々とした表情だった。

「気にしていないです」

「……あなたは、そう言ってくれると思ったわ」

「父が母にしたことは、許せません。母はぼくを育てるのに苦労したし、生活も楽じゃなかった。責任感がなさすぎると思います」

「では、わたくしから、よろしいかしら。まず蓮來は今後を考えなくては。オリバーの身勝手で英国に連れてきたけれど、本心は日本に帰りたいのではないの？」

その言葉に身体が震えた。日本に帰りたいかどうなのか。

本心は自分でもわからない。母親がいない国に、格別な愛情はない。自分にとって母国は、言葉に不自由しない国という括りでしかないからだ。

だが、オリバーの失脚が決まった今、この学校にいたいと言い張ることはできない。年間、何百万もかかる学費を、出してもらえる理由はないからだ。

「ぼくは」

本当は。本当はテオドアと離れたくない。彼と一緒にいられるのは、あと一年。だけど、バロウズ校から離れたくない。

テオドアと並ぶことはできなくても、彼に相応しい人間になりたい。

「一つ提案があるのですが」

答えに窮していると、あいだに入ってくる声がする。テオドアだ。

「私は以前、彼に絵を貰いました。墨で描かれた鳥の絵です」

急に何を言い出すのかと蓮來は目を瞠ったが、彼は大真面目だった。

「その絵は、黒の濃淡で表現されていて、すばらしかった。傑作だと思いました。私はこの才能を支援したい。蓮來は世界に通用する才能の持ち主です。このまま日本に帰し、個性を殺す生活をさせたくありません」

彼はそう言って、封筒を取り出した。

「こちらに必要事項を書類にして、まとめています。彼がバロウズ校を卒業するまでの学費と、それからの進学に向けての費用を、ベンティック伯爵家が力添えするための要項です。蓮來だけでなく、パメラにもご確認いただきたい」

優雅な口調で言われたが、その金額は大きい。

「テオ、でも……」

「どうしても日本に戻りたいというなら、引き止めることはできません。でも、もし一縷の希みがあるならば、私はそれに縋りたいです」

彼は一縷の希みと言ったが、それは蓮來の言葉だ。自分こそが、差し出された彼の手を摑みたかった。

そして好きな絵を認めてもらったことの喜びは、言い知れない。

日本で自分は、いてもいなくてもいい存在だった。だけど英国に来て、バロウズ校でテオドアやリオンと会った。

これからパブリックスクールの生活が始まるところだったのだ。帰りたくない。このまま、この国にいたい。

テオドアの傍にいられるのなら。

蓮來が口を開こうとした、その瞬間。

「お待ちください、ベンティック伯爵」

いきなり声を上げたのは、もちろん蓮來ではない。

今までずっと、喚き散らしていた、父のオリバーだった。

□□□

室内は水を打ったような静けさに包まれる。静寂を破ったのは、テオドアだった。

「私は伯爵ではありません。学生です」

「おお、これは失礼を申しました。ですが嫡男のあなたは当然、次代の伯爵でいらっしゃる。だからこそ、蓮來への資金援助を申し出てくださったのでしょう」

オリバーはいつもの尊大な態度が嘘のように、媚びへつらっている。それを蓮來は複雑な気持ちで見ていたが、イクスはもっと複雑な表情を浮かべていた。

驚きと、嫌悪と、うっすらとした軽蔑、そして哀愁が入り混じった顔だ。

今まで不動のものと信じていた父親が、他人に媚びている。それは息子にとって、計り知れない驚きだろう。

「恥ずかしながら、お願いがあります。私は不都合が生じまして、窮地に追い込まれています。まったく不当な言いがかりです。私は贈収賄などしていません。濡れ衣です。しかし、それを証明する方法は、ただ一つ」

彼はチラッとパメラを見たが、すぐに目を逸らす。

「ベンティック伯爵家が私の後ろ盾になってくださるなら、信用も取り戻せます。私がいなくては、会社は駄目なんです。なんとしても、仕事に戻りたい」

この突飛な発言に誰よりも早く反応したのは、イクスだった。

「パパ、何を言っているの……」

「子供は黙っていなさい。倫敦の一等地に、広大な土地を所有されるベンティック伯爵。その伯爵家の方に支援されれば、会長も話を聞いてくださる」

会長。彼の舅でありパメラの父のことだ。オリバーは会長に申し開きができれば、元の地位に戻れると思っているのだ。

それを聞いて、蓮來は哀しくなった。

かつて彼も、このバロウズ校で学んだ生徒の一人だった。希望を持って大学に進学し、一流会社に就職を果たした。そして社長になる寸前まで上り詰めたのだ。

それなのに、今はどうだ。

自分の息子と変わらない年頃の青年に、頭を垂れる。彼が裕福な貴族だというだけで。

蓮來は見ていられず、目を背けた。

だがテオドアは違った。

「オリバー。私は一介の学生ですが、一つだけ譲れないことがあります」

「おお、それはそれは。後学のために、ぜひともお教えいただきたい」

　卑屈でありながら、どこか傲慢さが透けて見える言葉が部屋に響く。だがテオドアは退くことなく、挑むように笑みを浮かべる。

「伯爵家の名の下に群がる方とは、一線を画すということ」

　オリバーを見据えたテオドアの瞳は鋭く、そして宝石のように煌めいている。

「勇敢。誉れ。謙虚。誇り高くあれ。それがバロウズ校の矜持です。失礼ながら、あなたに誇りは感じられない」

　文武両道。誠実。そして紳士であれ。テオドアがつねに言っていたことだ。

「当校の卒業生であっても、尊厳を忘れてしまった方を敬うことはできませんし、助力することもできかねます。お帰りください」

「し、しかし、私は妻と離婚する気も、就任を辞退する気もないんだ」

「オリバー。わたくしし、あなたが浮気したことに傷ついたけれど、許すつもりでいました。でも、あなたが蓮來のお母さんが亡くなった時に、手を差しのべなくてはならない我が子を、日本に置き去りにしていたのを調査報告書で読み、許せないと思いました」

「いや、しかしあれは昔のことで」

「そして会社で素行調査が入っているから、対面を保つために、いきなり蓮來に手を差しのべた。それなのにあなたを頼った蓮來へ、酷いことしか言わなかった」

「いや。いいや！　私はおまえと離婚はしない。家も出ない。むろん会社も続ける」

往生際が悪いオリバーが、まだ未練がましく話を続けている。しかし。

「そうだわ。あなたに言うのを忘れていたけど」

黙って話を聞いていたパメラが立ち上がり、オリバーへと向き直る。

忌々しそうな瞳を向ける夫に、彼女は優雅に微笑んだ。

「ご紹介が遅れましたわ。ここにいらっしゃるテオドア・アンバー・エドワード・ベンティックのお母さまのイヴリンとわたくしは、子供の頃から大親友で幼馴染みなの」

それを聞いた瞬間、オリバーは呆然として顎が落ちそうになっている。

「そ、そんな話、聞いていないぞ。ベンティック伯爵家と縁があったなんて……っ」

「あら。そうだったかしら。ごめんあそばせ」

言われたパメラは、肩を竦めている。

確かに彼女は富豪の令嬢だ。伯爵夫人と幼馴染みでも、不思議はないだろう。

「ともかく、そういうわけだから、テオドアはあなたに力添えをしないし、ベンティック伯爵家が援助することは、ありません。わたくしたち、とっても仲良しなの」

残酷なぐらい美しい笑みを浮かべながら、パメラはそう宣言する。オリバーは力が抜けたように、床に座り込んでしまった。

「あなたに味方はいないのよ、オリバー」

優しい声で、歌うようにパメラは言った。

「亡くなった蓮來のお母さまのぶんも、深く深く反省するといいわ。恥を知りなさい」

いつだったか、テオドアがイクスに言った一言。恥を知れという重い言葉が、父親に巡っているのを、蓮來は不思議な気持ちで聞いていた。

8

けっきょく項垂(うなだ)れていた父はハリルに連れていかれ、退室していった。イクスも無言で部屋を出ようとする。だがその背中をパメラは呼び止めた。

「イクス、あなたはこれから、どうするの？　お父さまと一緒に家を出る？　それとも学校に残る？　それなら学費はおじいさまにお願いするわ」

パメラは子供にも決断を迫った。イクスは疲れた顔をして、母親を見る。

「ぼくは、ママと一緒にいたい」

「わたくしと一緒にいたって、学歴はつかないわ。学校はどうするの。バロウズ校への進学は卒業生だった、お父さまのご意思だわ。あなたは従順に従っただけ。もっと自由な学校に、家から通うこともできるのよ」

それを聞いてイクスの気持ちが揺らいだようだ。「少し考えさせて」とだけ言った。それから彼は蓮來を見つめると、いきなり頭を下げた。

「ごめんなさい」

「え？」

「酷いことばかり言って、悪い態度をとって、ごめんなさい。蓮來のお母さまを侮辱して、これには蓮來もテオドアも、そしてパメラも驚いた。ワガママ一杯に育ったと思っていた子供は、実はいろいろと苦悩していたのだ。

「うん。わかった」

その時、蓮來に言えたのはそれだけだった。

パメラはまた後で話をしましょうと言って、イクスの肩を抱くようにして出ていく。部屋の中は蓮來とテオドアの二人になる。

沈黙の中、口火を切ったのは彼のほうだった。

「いろいろと驚かせてしまいましたね」

「……びっくりしました」

「本当にごめんなさい。きみが繊細だと知っているのに」

「いいえ、ぼくは繊細じゃないです。神経が細いと養護施設でやっていけないし」

「いいえ。きみは優しくて、たおやかな人ですよ」

過大評価をされているので、なんと言葉を返せばいいか悩む。でも、そう見えるのは、自分が苛々カリカリしないせいだからだと思うことにする。

「そういえば、ぼくの絵を支援してくれるって話は、いったい……」

「ああ、そうですね。ちょっと話が長くなるので、部屋に入らせてもらえませんか」

「あ、はい。じゃあご案内します」

彼を連れて蓮來の部屋に行くとテオドアは、とたんに眉を曇らせた。

「すっかり荷造りをしてあるんですね」

「あ……」

確かに机の上のものも洋服も片づけ、トランクに詰めていた。申し開きのしようがない。

慌てて机の上に置いた、彼のハンカチを入れた紙袋を手に取る。

「あの、それより、ずっとお借りしていて、すみません」

「別によかったのに」

「そんなわけにはいきません。ありがとうございました」

ペコリとお辞儀をして顔を上げると、テオドアと目が合った。優しい瞳で見つめられていたのだと、ようやく気づく。

「先ほどの力添えの話は、本当です。きみがまだバロウズ校にいたいと、私の傍にいてくれるというのなら、ベンティック伯爵家は手助けを惜しみません。もちろんパメラも、同じ気持ちだと思います」

「でもパブリックスクールは言うまでもなく、学費が高額です。それを、あんな絵一枚で認めてもらうなんて」

「あんな絵ではありません。あの絵は、私にとって特別なものなんです」

厳しい声で遮られて、何も言えなくなった。

娯楽がない養護施設で、遊ぶものは自分で見つけなくてはならない。お金がかからず、ほかの子供たちに邪魔されない遊び。

蓮來にとってそれは墨一色で描く、小さな絵だった。

誰にも見せず褒められもせず、ただ黙々と描いていた。

でもそれをテオドアが認めてくれた。特別だと言ってくれたのだ。

信じられなかった。

「絵のことは先ほど申し上げた通りです。だけど私はそれ以上に、きみを日本に帰したくないし、このバロウズ校で就学を続けてほしいと思っています」

「テオ……」

「これは私のワガママです。だから嫌だと思うなら正直に言ってください」

「正直って、……もし、ぼくが嫌だと言ったら、テオはどうするんですか。もう、話はここで終わりになって、もう会えなくなって、そうしたら」

そうしたら、もう離ればなれ。

また目の奥が痛くなる。泣き出す前触れだ。こんなことで泣くなんて、あまりに子供じみている。なんてバカなことを言ってしまったのか。

「もし、きみが嫌と言うなら――」

テオドアは真面目な顔で考え込んでしまった。そのシリアスな表情を見ていられなくて、ただの冗談ですと言おうとした。

「もし、きみが嫌と言ったのなら、気が変わるまで監禁します。私のことしか見えず、考えられなかったら、人の気持ちは変わるでしょう」

「え？」

まさか、そんな答えが返ってくるとは思わなかった。どこから見ても貴公子。どこを突っついても紳士な彼が、なぜ監禁？

「冗談、面白いですね」

とりあえずお茶を濁そうと、つまらない返しをする。すると彼の瞳が光る。比喩でなく、本当に光ったのだ。

「冗談で、監禁なんて言えません。本気です」

あまりの驚きに、もう声も出なくなった。その蓮來を壁際に追い詰めて、彼は両腕で囲い込むようにする。

（これは少し前に流行った壁ドン……。いや、ドンされてないけど逃げられない）

「テ、テオ。どうしたんですか」

「どうしたと訊きたいのは、こちらです。きみは私を好きだと言ってくれた。燕尾服を着て、部屋を訪ねようとしてくれた。嬉しかった。とても嬉しくて、きみを抱きしめて、めちゃくちゃにしたかった。でも！」

淡々と話していたのに、語尾だけ強くなる。蓮來の身体がビクッと震えた。

「テオ、あの、こわい、です」

「怖くもなります。きみは、男の本気がわかっていない」

その一言で、自分が何かものすごく気が利かないことをしたのだと悟る。

「ご、ごめんなさい。でも」

「謝らなくて結構。だけどきみは、わかっていないくせに、チラチラ思わせぶりに誘ってみせる。こんなことをされたら、男はブチ切れます」

いつ自分が彼を誘っただろう。いつだって本当に思ったことしか話していない。

接触恐怖症の自分が、恋愛なんかできるはずがないのに。

「ぼく誘ったりしていません」

「そういうところが、誘っているというんだ」

とつぜん顔の脇で大きな音がした。今度こそ、まさしく壁ドンだ。

女の子は、これに憧れるのだとテレビで観たことがあった。だが実際の壁ドンは、思っている以上に迫力があるし、気迫が怖かった。

「バロウズ校に残ると言いなさい、蓮來」

「でも……」

「でもじゃない。学費のことでパメラを頼りたくないなら、私がいます。ベンティック伯爵家は、きみへの投資を惜しみません」

「テオ……」

「きみが愛おしい。私のジュリエット」

彼の顔が、どんどん近づいてくる。これは、きっとキスだ。

キスされようとしている。

身を固くして、彼の唇を待った。――そう、待っていた。

テオドアとくちづけができる。怖いと思っている一方で、ドキドキした。心臓がばくばく言った。息が止まりそうになった。きっと、息絶える。いや。

いっそ彼の腕の中で、このまま死んでしまいたい。

そう思いながら、うっとりと瞼（まぶた）を閉じる。気分はまさに、ロミオにいだかれたジュリエットだった。

（前は彼女のことを滑稽で傲慢だと思ったけれど、そうじゃない）

死ぬことで恋愛を成就させるなんて、最大のロマンだ。

そんなことがアタマを占めながら、テオドアの唇を待った。もう人に触れるのが怖くなかったからだ。

恐る恐る瞼を開くと、テオドアは先ほどと同じ姿勢だったが、顔を蓮來の横に寄せ、黙り込んでいた。

「テオ……？」

「今ここでキスをしたら、きみに乱暴した男と同じ下衆になるかと思って、自制しています。必死です。話しかけないで」

彼の頰も唇も蒼白で、整った造作はそれだけで彫像のように見えた。

「あんな人とテオは違う」

慌ててそう言ったけれど、彼は目も合わせてくれない。抱きしめるような、拘束するような格好でいるくせに、蓮來の身体には指一本触れていないのだ。

「同じです。嫌がるきみに無体な真似をして、自分の欲望を満たそうとしている」

「テオ、話を聞いてください。ぼくは」

「男は卑怯な生き物だと、きみにだけはそう思われたくない。誠実でいたいんです」

お互いに話している言葉が被さって、何を言っているのかわからなくなる。とうとう蓮來は大きな声を出した。

「違う！　自分を悪く言わないで！」

叫ぶように言うと、自分から彼の胸に飛び込んだ。

「蓮來？」

「テオは悪くない。絶対に悪くない！　ぼくだって、こうしたかった。一緒にいたい。抱きしめられたい。キスされたい。その先だって、だって……っ」

必死に言うと、涙で曇った瞳で彼を見た。きっと顔なんて、ぐちゃぐちゃだ。

そんな蓮來に、テオドアは心配そうに声をかける。

「本当に怖くありませんか。私は上背があるから、いらぬ威圧感があるでしょう？　いいところなんて、見当たらない」

環境だけでなく、こんなに容姿に恵まれた人が、何を言っているのだろう。思わずまじまじと顔を見てしまった。

「せ、背が高くて、すごく、すっごく素敵です」

必死で答えると、泣きじゃくっているみたいな声が出る。テオドアは眉を寄せ、いたましいものを見る瞳で、蓮來を見つめていた。

「ごめんなさい。ぼく、いま顔がひどいですよね。恥ずかしい……っ」

「いいえ。きみは愛らしく、可憐です。こんなに可愛い人が存在するなんて信じられません。初めて会った時、夢を見ているかと思った」

そう囁きながら、今度は頬にキス。それから、瞼にキス。

「テオの脚、初めて会った時から、見惚れていました。すごくかっこいいなぁって」

「脚？　脚がどうして？」

「ぼくは背が低いから、長身で脚が長い人に憧れるんです。とっても羨ましい。手とか指

とかも長くて、カッコいい。すごく好き」

「そんなことを言われたら私は図々しい人間だから、つけ上がりますよ」

彼の唇が濡れた睫にもキスと、抱きしめられた身体が震えた。

「うん、つけ上がって……」

物欲しげに見られたかもしれない。でも、それでもいい。物欲しげになりたい。

(これって、この気持ちって、なんて言い表せばいいのだろう)

彼の似顔絵を描いただけで、恥ずかしくて顔が真っ赤になってしまったぐらいだ。これはきっと、そうだ、これがきっと。

――――初恋、なんだ。

「テオドア。これは言っていなかったけど、あなたがぼくの」

初恋なんです。そう続けようとしたその時。

「その前に、ひとつだけ言いたいことがあります」

急に言葉を遮られて、熱に浮かされていた頭が正気に戻った。

「え?」

「私は今、とても感動しています。なぜなら人生が始まったばかりなのに、最良のパートナーに出逢えたからです。私にとって初恋のその人が、ある日、私の目の前に現れた」

容姿端麗で、名家の生まれ。そんな彼にとって初恋の相手が、まさか自分のわけがない。

だけど、彼の眼差しはまっすぐに蓮來だけを見つめている。

「ええ、蓮來。あなたです」

「ぼく……？」

「はい。心が美しくて芸術に秀でている。純粋で、少し子供みたいだけど、心優しく思いやりに満ちた人。その人に出逢えた私は、この世で一番、幸福な男です」

自分の初恋告白より、もっともっと真摯なことを言われてしまった。

身に余る言葉だと思い震えるというより、先に初恋と言われてしまい二の句が継げずにいると、顔を覗き込まれた。

「蓮來、どうしてきみは、泣いているのですか？」

ようやくそこで気がついた。大粒の涙があふれていたことに。

「……ぼく、泣いて、ばっかり……」

優しく引き寄せられ、今度こそ強く抱きしめられた。

「抱きしめられて、怖くありませんか」

その静かな問いかけに、必死で頷いた。

「こわくない。……あいつと、テオドアは違う。ちがう……っ」

唇がわななくみたいに震えた。きっと酷い顔をしている。百年の恋も醒める様相をしているだろう。それでも、彼は少しも笑わない。

「テオドアぼくは、あなたが、……あなたが……っ」

「わかっています。――――わかっている」

そう言って彼は蓮來の手を取り、その指先に唇で触れる。

「だいすき。……だいすき。ぼくを、テオのものにしてください」

そう言ったとたん、また唇を塞がれた。噛みつくような、慈しむようなキスだ。

何度もくちづけを交わしていると、テオドアは両腕を背中に回してくる。ひんやりした彼の手の感触が、シャツ越しに伝わってきた。

夢みたいだ。

優しくて、優雅で、初めて出会った時から真摯に接してくれるテオドア。彼は子供だった自分を好きなようにした男じゃない。

蓮來の絵を褒めてくれた。その絵をあげたら、頬を紅潮させて喜んでくれた。

どんな時も、蓮來の味方でいてくれる人。

もっと早く、好きと言えばよかった。

でも自分から好意を示すのは、怖いから。もしも変な顔で見られたらどうしようって思うから。だから、気持ちを表せなかった。でも、もう大丈夫。

「愛しています。私のジュリエット」

愛する人は、自分の手の中にいるから。

□□□

そのまま、もつれ込むみたいに二人で蓮來のベッドに倒れ込んだ。

何度も何度もキスをして、そのたびに心配そうな瞳で見つめられる。だから蓮來は何回もテオドアの手にくちづけた。

あなたと抱き合えて嬉しい。キスできて幸せだと伝えた。

「テオ、もっとあなたと繋がりたい。ぼくは欲張りかな」

唇を痺れるほど舌先で愛撫(あいぶ)されて、ふわふわしながら呟いた。

「あまり、いじらしいことを言わないで。抱き殺してしまいそうだ」

返ってきた答えの物騒さに、もう何も言えず黙り込む。

「ぼくを、嫌いになりましたか？」

細い声で訊ねると、テオドアは困った表情を浮かべた。

「こんな愛らしいきみを嫌いになる？　そんな男は、この世に存在しないでしょう」

「じゃあテオ、もっと……」

「もっと？　もっとなんですか」

そう囁く甘い吐息に、頭の中が蕩(とろ)けてしまいそうだった。

「もっと、いっぱいキスして……っ」

蓮來は男の手に堕ち、抱きしめてくる腕に縋りついた。恐怖も憂いもない。あるのはただ、愛する人を受け入れる気持ちだけだった。

何度もキスをされ、彼の舌先が上顎を舐めた時に甘い鳴き声を上げ、破裂しそうな胸の高鳴りに耐えた。この鼓動を聞かれたら恥ずかしいと、そんなことばかり考える。

蓮來は自分からテオドアにしがみつくと優しい声で囁かれた。

「硬くなっていますね」

何を言われたのか顔を上げると、すぐに気づいた。彼の太腿に当たる蓮來の性器が、硬くなっているのだ。

「あ、あ、あ、あ、テオ……っ」

彼の指先が触れると、いやらしく背筋が震え、性器が硬く張り詰める。普段の蓮來からは、考えられない破廉恥さだ。

戸惑っている蓮來をいたわるように、何度も頬や額にくちづけが落とされる。その優しいキスに、また身体がとろとろに蕩ける。

生まれて初めての恍惚が、背筋を走る。背徳感と高揚感が綯い交ぜになって蕩けそうだ。

「テオ、おねがい、ちゃんと抱いて。ぼくだけじゃ嫌だ。二人で一緒にいきたい」

「蓮來」

「ぼくをぜんぶ、ぜんぶ食べて」

その言った瞬間、彼の瞳が光って見える。

「――後悔しませんか」

「ううん。しない。ぼくはテオにたべられたい」

「蓮來」

その時、ふいに蓮來の頭を過ったのは、子供の頃に観た外国のアニメだ。

狼の目の前で、挑発的に飛び跳ねてみせる、小さな子羊。

ラムジー、ラムジー、かわいこちゃん。ラムジー、ラムジー、あそぼうよ。

狼の前で身体を跳ねさせる子羊は、いやらしい視線を送る。それを子供だった蓮來は、不可思議な気持ちで見つめた。

子羊は食べられたかった。悪い狼に捕まりたかったのだ。

「蓮來」

低い声で名を呼ばれ、どきどきしながら愛しい男を見た。彼は目を細めながら身体を起こすと、身に着けていたシャツのボタンを外す。

「もう私は、紳士ではありません。ただの男です」

その言葉が痺れた頭に沁み込むのに、時間はいらなかった。

□□□

「あ、あぁ、あぁ、あ……っ」

正面から抱きしめてくる男を抱き返して、蓮來は顎をのけ反らせる。

臀部の奥にあてがわれたテオドアの性器は硬く大きすぎて、自分が本当に受け入れられるのかわからない。戸惑っていると、抱きしめてくる男が心配そうに蓮來の顔を見つめた。

「痛いですか」

「い、痛くない、痛くないから、挿れて……っ」

テオドアは身を屈めると、蓮來の瞼にくちづける。

「ここまでにしましょう。今日は急ぎすぎました」

そう言って身体を引こうとする男に、蓮來は必死で抗った。

「だめ、だめぇ……っ。やだ、抱いて……」

切ない声でそう言うと、テオドアは何度も蓮來の肌を愛撫する。

「本当に？　私はきみに、一筋の傷もつけたくない」

「いいの、だいじょうぶ。だいじょうぶだから……」

「これは？」

ふいに話しかけられて、涙で滲んだ瞼を開く。目に入ったのはベッドサイドに置きっぱなしだった小さなチューブが目に入った。

「ハンドクリーム、です。手が、荒れるから……」

「なるほど。借ります」

律儀にそう言って中身を掌(てのひら)に出すと、両手で温めるようしてから蓮來の尻のあいだに遠慮なく塗りたくった。ぬらぬらとした感触に声が上がる。

「あ……っ」

「失礼。我慢して」

彼は短くそう言うと蓮來の太腿をかかえ直し、硬い性器を奥へとあてがった。

「あぁ……」

じわじわと身体を進め、内部をこじ開けてくる。

蓮來の両目が大きく開かれると、眦(まなじり)に温かいものを感じた。テオドアの唇だ。

「ごめんなさい、少しだけ我慢してください」

「いい、……いいから。もっと奥まで……っ」

生まれて初めて受け入れた大きな性器は、苦痛だけではなかった。

痛いけれど、身体の奥底に眠る官能が、引きずり出されるみたいだ。

蓮來が無意識に腰をくねらせると、その淫らな動きにテオドアは深く溜息をついた。

「――悪い子だ」

そう囁くと、腰を小刻みに動かし始める。そのとたん、蓮來の唇から高い声が上がった。

「やぁ……っ、ああ、ああ、やぁ、ああ……っ」

与えられる衝撃に鳴き声を上げながら、蓮來はテオドアの動きに合わせて、必死で男を受け入れた。何回かくり返すうちに、慣れない感覚が湧き起こる。

「あぁ……、ん、ん、んぅ……っ」

蓮來の身体が苦痛だけではない、甘さを見つけ出すと、とろりと蕩けるようになった。子供の頃から他人に触れられるのが怖かったのに、愛する男を深々と受け入れ鳴き声を上げていた。

「テオ、テオ……っ。ぼく、おかしい。おかしいよぉ……っ」

性器から、蜜があふれ出てくる。テオドアはそれを摑むと、妄(みだ)りに擦(こす)り上げた。

「あっ、ああっ、ああっ、テオ、いい、いやぁ、いいの……っ」

「蓮來、ああ、かわいい蓮來。私を奥に感じながら、いきなさい」

体内の奥まで侵略していた彼は蓮來の身体を抱きしめると、深々と身体を貫いた。蕩けた肉を突き上げられて、蓮來の唇から嬌声(きょうせい)が上がった。

「あぁ――……っ、あぁ――……っ」

初めて男を受け入れたのに、もう淫らな声を上げている。その蓮來の姿に、テオドアは

深く身体を突き上げる。

「蓮來、いかせてください。きみの奥に注ぎたい」

どこか熱に浮かされたような声に、蓮來の身体はぞくぞく痺れた。

テオドアが興奮している。自分の身体に挿入したから、いやらしく乱れている。

その官能は蓮來をまた昂らせ、身体の奥から蕩け出しそうだった。

「だ、だして、いっぱい、いっぱい出して……っ」

卑猥な言葉を口走りながら、深々と突き込まれた男の性器を締めつける。とたんにはげしく突き上げられ、甘い悲鳴が上がった。

「あああ……っ、あああああ……っ！」

のしかかる男の身体を抱きしめると、身体の奥に熱情が迸る。次の瞬間、蓮來も性器から白濁を撒き散らした。

「テオドア……、すき……っ」

固く抱きしめられたまま二人は身動きせずに、快感を享受した。

しばらくして身体を起こした彼は立ち上がり、洗面台へ向かった。その後ろ姿を、ぼんやりと見つめていた。

「蓮來、大丈夫ですか」

どれぐらい時間が経ったのか、テオドアの顔が至近距離にあった。彼は絞ったタオルを手にして、蓮來の身体を拭いてくれている。

「テオ……?」

出てきたのはガラガラ声だ。驚いて喉を押さえたら、身体中が軋む。

「あ、の、……ぼく、ごめんなさい……」

「いいえ。謝るのは私のほうです。きみは初めてだったのに、夢中になってしまった」

そう言いながら手際よく蓮來の身体を拭う手は、動きを止めなかった。

「もう大丈夫だから……」

蓮來がそう言うとテオドアは毛布をかけてくれ、自分はまた洗面台へと向かった。

一人になった蓮來は、胸の高鳴りが抑えきれない。

(ぼく、テオと、あ、あんなこと、しちゃった。ハウスの部屋で。まだ帰ってきてない寮生は多いけど。でも。でもでも)

思い返すだけで、頬が熱くなる。恥ずかしいのと、後ろめたさと、そして喜びでいっぱいだった。

「蓮來、大丈夫ですか」

テオドアの声で瞼を開くと、ベッドに座って蓮來の髪を撫でていた彼の姿が目に入る。

その瞳は、とても優しい。

蓮來の瞳から涙があふれ、唇が小さく震えた。なぜ涙が出るのか、わからなかった。

「泣かないで」

テオドアは囁くように言うと、蓮來の頬にくちづけてくる。優しいキスだ。

「ごめんなさい。どうして涙が出ちゃうのかな」

その言葉に彼は何も答えず、ただ蓮來の髪を優しく撫でてくれる。

「テオドア、すき」

「はい」

「すき。……だいすき」

「大丈夫。わかっていますから」

そう言うと、唇を塞がれた。彼は蓮來の身体に包み込むようにして、その長い腕で抱きしめてくれていた。

「私の蓮來。私だけの蓮來……っ」

「テオ、うれしい……」

蓮來がそう呟くと彼にしがみつく。こんなふうに甘えられるなんて、夢みたいだった。

さよなら、ジュリエット。

その時、ふいに過ったのは、死ぬことでしか愛しい男と添い遂げられなかった、可哀想な人。そして、乱暴されて膝をかかえて泣いている小さな蓮來だ。

手を差し出して、小さい蓮來にキスをする。怖かったのだろう。小刻みに震えている。

（もう大丈夫。もう安心して）
そう囁いたあと淋しげに立ち尽くしている、可哀想なジュリエットを見つめた。
自分とこの子は愛しい人の手を取って、未来へ進む。きみはどうか、安らかに眠って。
愛しい人と一緒に、幸福な眠りの中にいて。
遠くから、ぼくらを見守っていてください。

9

次に目覚めると、部屋の中が明るい。

夏休み中だが、ハウスの中で不埒（ふらち）な行為に耽ったのだ。不審に思われたら最後だった。

蓮來が怖くなって毛布にしがみついていると、優しい手が髪を撫でる。

テオドアだ。

「いきなり震えて、どうしたんですか」

「なんか、急に怖くなっちゃって……」

当然ながら、同性愛行為は立派な校則違反だ。退学になっても、文句は言えない。

だがテオドアはまったく気にしていないようだった。

「もしバレて退学になったら、私の家にいらっしゃい。家というより、古城だけど」

「え、ベンティック伯爵家って、お城なんですか。嫌です。ぜったい行かない」

「なぜですか」

「だって古いお城なんて、ぜったい陰謀が渦巻く殺戮（さつりく）の歴史があるでしょう。それで夜な夜な血まみれの幽霊が出て、睨みつけるんだよー」

蓮來は野次馬的にオカルトが好きだ。ただの素人（しろうと）だが、生半可な知識だけはある。

「きみが怖いのは私たちの関係が露見することですか。それとも三百年前の当家の先祖ですか。ありもしないオカルト話ですか」

そう訊かれた蓮來はしばらく考えて、小さな声で「ぜんぶ」と言った。するとテオドアは笑い出し、くるまっている毛布ごと抱きしめてくる。

「苦しい、苦しい。ぎゅうぎゅうしないで」

「しますよ。もっときつく抱きしめましょうか。まったく、この可愛い子は私をどこまで夢中にさせるのだろう」

テオドアはそう囁くと、蓮來の額と瞼にキスをした。

その感触がすごく気持ちよくて、思わずうっとりしてしまう。

「そうだ。あと十日もしないで九月。新年度です。きみのお披露目がありますね」

「お披露目？」

ようやく彼の腕から抜け出し、枕をかかえて壁際に逃げる。そんな様子もおかしいのか、テオドアは微笑む。

「そうです。編入してきた新参者は、生徒全員の玩具です。何をされても、文句は言えません。甘んじて受けてくださいね」

「甘んじてって、そんな……っ。英国はジェントルマンの国ですよね。まさかそんな、いじめなんてこと、するはずありません」

「しないと言いきれますか？　まぁ、とりあえず歓迎の儀ですから、頑張ってください。逃げたり隠れたりすると、今後の生活が悲惨なものになります」

ひどい。

蓮來は本気で泣きそうだった。こちらの学生は、日本の中高生とはわけが違う。とにかく手足が長く、骨格がしっかりしているのだ。

そんな中高生たちにいじめられたら、無事でいられるはずがない。

泣きそうな顔でいると、チュッと頬にキスをされた。

「紳士の国で、そんな子供っぽい歓迎の儀式があるなんて、思いもしませんでした」

「泣かないで。みんな優しいですよ。ああ、そうだ。当日はブレザーなどではなく、必ず燕尾服で当校すること。これは絶対です」

まだ何か言われるのかとションボリしていると、とうとう涙が落ちてきた。切ない気持ちで自分の落涙を見つめていると、何度目かわからないキスをされる。

パブリックスクールに残ると決めたのは、早計だったかもしれない。

重い気持ちで蓮來は最愛の人の背中に抱きついた。

□□□

新学期当日。

　さんざん脅かされたし、同室のリオンまで口を噤んで何も言ってくれないので、嫌というほど怖い思いをした。

（でも、歓迎の儀だっていうからケガをさせられたり、死亡事故になることはない。絶対ない……はずだ。いくらアルプスとかアーテルとか言っても、学生なんだし）

　そこまで考えて、暗くなったが、ここは覚悟を決める。命までは取られないだろうという、心もとない見切り発車だった。

（テオは庇ってくれると思ったのに、違うみたいだし。愛を試されている気分）

　しかも、そんな時に限って同室のリオンはさっさと一人で出ていったのだ。ちゃんと燕尾服を着ていった彼の後ろ姿を見送って、淋しい気持ちになる。

　こんな心細いのに、一人で何もかもしなくてはならない。

　そこまで考えて、ハタと気づく。こんな依存心が強くては駄目だ。バロウズ校の生徒として相応しくしないと。

　大きく深呼吸をして、気持ちを落ち着かせる。大丈夫。殺されるわけじゃない。蓮來は観念すると鏡の前で身だしなみを整え、髪を撫でつけた。

(大丈夫。大丈夫。ぜったい、ぜったい大丈夫)

スーハーと深呼吸をくり返しながら、部屋を出る。朝食のために食堂があるカレッジホールに向かった。しかし妙なことに誰にも会わないのだ。

(新学期は忙しいから、みんな朝食をとらないとか?)

そんな話をリオンからもテオドアからも聞いていなかったが、もしかすると仲間内でも、もう歓迎の儀が始まっていたのだろうか。

昏い気持ちで階段を下り、食堂に行く。扉の前では、いつも通り寮母のリサが、身だしなみのチェックをしていた。

「蓮來おはよう。燕尾服がとてもお似合いよ。東洋の紳士ね」

手放しで褒めてくれるので、一気に嬉しくなった。気分が沈む新年度だけど、何が起ころうが腹を括ろうと心に決める。

(でも、テオドアが一緒にいてくれたら、心強かったのにな。リオンもいなくなっちゃうしさ。……いや、いけない、いけない。また頼ろうとしている)

小さく葛藤しながら、扉を開けた。すると、驚く光景が目の前に広がる。

何人いるかわからぬぐらいの生徒たち全員が、燕尾服を身に着けて起立していた。

「え?」

戸惑っていると背後で扉を閉められて、「どうぞ、席にご案内します」と、案内役らしい生徒に言われる。彼は蓮來に構わず、長テーブルが並ぶ食堂を歩き出してしまったので、慌てて後をついていく。

そして上座だろう席に案内されると、そこにはテオドアが立っている。

「テオ……っ」

「ようこそ、蓮來」

びっくりしていると、脇から別の生徒が椅子を引いてくれた。どうしたことかと思いながら座ると、生徒たちが全員グラスを手にする。中身は発泡水だ。そのグラスを用意しているのは下級生たちのようで、誰もが小柄であどけない。

驚いたことに、その中にはイクスもいた。彼は蓮來と目が合うと、小さく舌を出して、イーッとした。相変わらず、性格は変わっていない。

席の真ん中に立つテオドアが、朗々とした声で話し始めた。

「今日から我々の仲間となる、蓮來・エバンス。ようこそ我がバロウズ校へ。当校は全員、きみを歓迎します」

彼の言葉を合図に、生徒全員がグラスを手にした。

「バロウズ校でのこれからが、人生のよい思い出となるよう、心から祈って。乾杯」

その声にも誰もバカ騒ぎなどせず、グラスを目線まで持ち上げ、静かに中身を飲み干した。それからグラスを置くと、静かに歓迎の拍手だ。
さざ波のような静かな音を聞いていたら、なんだか涙が滲んでくる。あっと思っている
と、テオドアがハンカチを差し出してくれた。いつかと同じように。
「ジュリエットは泣き虫だ」
小声でそう言われて、気恥ずかしくなって笑った。
それから朝食がサーブされて、皆で粛々と食べていく。
不思議な異空間に迷い込んだ感覚。それでも、この学校に迎えられたことを知る。
優雅なのは、ここまで。
蓮來は知らずに武者震いが起こった。これからは毎日が戦争のはず。
でも、こんなに楽しい戦場はないだろう。
何より、ここには愛する人がいる。だから自分は戦える。

蓮來は温かい気持ちで、新しい世界へと踏み出した。

さよならジュリエット

CHARADE BUNKO

「テオの似顔絵、あれ、どこにやっちゃったかな」

ここは英国(イギリス)のパブリックスクール、バロウズ校の寮。通称ハウス。

その一室で蓮來(はく)は独り言を呟(つぶや)きながら、荷物を入れている引き出しをあさった。目当ては自作のイラスト。

それは蓮來が描いた、テオドアの似顔絵だった。

「捨ててないんだけどなぁ」

慌てていると、探し物は見つからない。こういう時は諦めて一服するべし。亡くなった母親の口癖だ。その教えを律儀に蓮來は守っていた。

同室のリオンは、祖母のお見舞いで外泊している。部屋は無人だ。快活な彼がいないと、時間が空いてしまう感じだった。

別に毎日しゃべりまくっているわけではないし、部屋ではお互い好きなことをしている。けれど、まったく姿が見えないと、つまらない。

(でも、おばあちゃんは持ち直したっていうし、本当によかった)

リオンの忙しい両親に代わり、ずっと面倒を見てくれたという彼の祖母。親以上に大切な存在だと聞いていたからだ。

机の引き出しをあさりながら考えていると、ようやく目当てのものを見つけた。

「あ、あった！」

探していたのは、一枚の絵。

描いている時、少女漫画みたいな絵になったのが恥ずかしくなって、ぐしゃぐしゃと線で消してしまったのだ。

一回はゴミ箱に捨てたが、なんだか気が引けて、わざわざ拾った。紙の皺を丁寧に伸ばし、いらない線を消したもの。

「これはテオと初めて会った時の、記念だものね」

テオドア・アンバー・エドワード・ベンティック。

ベンティック伯爵家の嫡男である彼は、未来の伯爵だ。

蓮來がバロウズ校に来たその日に、出逢った彼。あまりに綺麗で優雅で、洗練されていた。いま思い返しても、あの時、自分はテオドアに見惚れた。

そう。見惚れていたのだ。

日本で生まれ育った蓮來は、自身も母親と同じ、日本人だと疑うこともなかった。しかし蓋を開ければ、父親が英国人だった。それを知らされて、本当に驚いた。

「外国人の血が入っているなら、身長をどうにかしてほしかった……」

思わず洩れた呟きは、年頃の少年としては真っ当なものだ。

同年齢男子の平均身長は、なんとかクリアしている。しかし、それは日本国内の平均であって、欧米人にはかなわない。そしてここは、英国だ。

実際バロウズ校に入学して、自分の体軀(たいく)の貧相さに、幾度も悔しい思いをした。

(もっと伸びていいはずでしょ!)

思わず叫びたくなるのは、どこの男子高校生でも同じだ。

(お母さんに似ちゃったから、いや、似てていいんだけど、身長だけは英国人でありたかった……。あと十センチ、ううん、五センチでいいから、どうにかなりたかった)

手元に置いたテオドアのイラスト画を見て、虚(むな)しい溜息(ためいき)が出る。体重と違って、身長はどうにもならない。バスケットボールは背が伸びると言われるが、あれはまったくの都市伝説だと、バスケット部の同級生が断言していた。

長身の人間がやるスポーツがバスケットボールであって、背が伸びる競技ではない。

「そりゃあ自分の体重をかけて、ドッカンドッカンジャンプしているんだもん。負担になりこそすれ、それでスラッとするわけじゃないよねー……」

しかし自分は、ただ身長を伸ばしたいのではない。

あの人と並んで、見劣りするのが嫌だ。

テオドアに相応(ふさわ)しい、釣り合う人間でなければ駄目だと思う。

男同士だから、誰も祝福なんかしてくれない。それは、わかっている。でも、せめて傍(そば)

にいても笑われない人間でいたいのだ。

ベンティック伯爵家の嫡男。それだけじゃない。バロウズ校の総代でもある彼。それに比べて自分は、いろいろと不安定要素しかない。

「……やっぱり王子さまだよね。すごくカッコいいし、きらきらしているし」

思わず大きな溜息が出る。自分みたいな貧相な人間は、どうやっても見劣りする。

手にしていた絵に顔を埋めて呟いた、その時。

「誰が王子さまですって？」

突然背後から声がしたので、びっくりして振り返ると、さらに驚いた。

そこには、件の王子さま本人が立っていたのだ。

「テオ、どうしてここに？」

蓮來は慌てて手にしていた絵を、背中に隠す。恥ずかしくて、見せられない。

「勝手に入って失礼。何度かノックをしましたが返事がなかったので、もしや体調を崩しているのかと思って、ドアを開けました」

基本的にハウスは緊急時に備えて、昼は施錠しない。貴重品は、鍵のかかる机やロッカーに入れる規則だ。

「あ、どうぞ。今日はルームメイトもいないので」

「同室はリオン・スミスでしたね。彼は不在ですか？」

「リオンは、おばあちゃんが病気で一時は危なかったんです。もう危機は脱したそうですけど、それでも心配だからと帰省しています」

「それはお気の毒に。リオンは家族思いですね」

なんとなく神妙な雰囲気になったので、わざと明るい声で言う。

「あ、あの！　先ほど連絡をいただいたんですが、また絵が売れました」

「本当ですか！」

「ありがとうございます。テオがアート・バザールを教えてくれたおかげです」

古式ゆかしい画廊はもちろん存在するし、画商を通じて絵は売買されるのが通例だ。だが最近では会員登録すれば、絵を売ってもらえるフェアが勢力を拡大している。世界最大のアートの祭典だ。

そのフェスで蓮來の絵も、契約されることが決まった。これで二回目だ。

ずっと立って話をしていたことに気づいて、テオに勉強机とセットの椅子を進め、自分もベッドの端っこに腰をかけた。

「ぜんぜん派手じゃない白黒の地味な絵が売れて、びっくりです」

「きみの絵は地味ではありません。言うなれば慎ましいが、力に満ちた絵です」

「……それはちょっと、言いすぎかと」

「もっと賛美したいぐらいです。きみの絵のすばらしさを賛美する人間が、こんなにもたくさんいる。とても嬉しいことではありませんか」

「認めてくれたのはテオと、絵を買ってくれた二人だけです」

「絵を売り始めて数ヶ月しか経っていないのに、二枚も売れたんですよ」

過大評価というか、親の欲目というか。ちょっと呆れてしまった。

「すごい、いいとこ探ししているみたいです」

テオドアはちょっと困ったところがある。心を許した人間に対しては、とことん甘くなるのだ。

でも、こんなにも甘やかされていると、自分がつけ上がりそうだ。

こんなにも喜んでもらえるのは、すごく嬉しい。

「ところで、先ほど絵を開いていたようですが、よろしければ拝見したいです」

いきなり話を戻されて、顔が引きつった。

「え、絵って、いえ、これは失敗作だから、よろしくないです。ぜんぜん駄目」

「失敗作は、見せてもらえないのですか？」

「恥ずかしいです。ぜったい嫌」

乙女みたいに彼のことを思いながら描いた絵だ。

とりあえず手直しはしたが、人に見せられるものではない。

「ぜったい嫌なんですか？」

「はい嫌です。ええ、そりゃもう、ぜったいに」

そんな必死の蓮來を見て、何をどう思ったのか。テオドアは低い声を出す。

「きみはその絵を見つめながら、熱い溜息をついていましたね」

「は？」

彼の表情は冷静に見えたが、声は冷たい。

「熱い溜息？」

「何度ノックをしても返答がない。心配になってドアを開けてみると、きみはその絵を見つめて、『やっぱり王子さまだ。すごくカッコいいし、きらきらしている』と言っていました。誰を想えば、あんな熱い溜息がつけますか」

怒っている声で言われたが、蓮來としては言葉が出ない。

（ここで、それはあなたのことですよ、と言って丸く収まるのだろうか）

こんな状況なのに、すごく冷静に考えた。反対にテオドアのほうは、本気で怒っている。ちゃんと理由を説明しないといけない。

恋愛の機微に慣れた人なら、こんな状況をチャンスと考えるのだろうか。

怒らせて嫉妬心をあおる。ジェラシーをいだかせるのが恋愛上級者か。でも。

（怖いな）

自分は好きな人を試してみたり、変な手管を使いたくなかった。そんなふうに反応を確認して、何が得られるのだろう。

答えは得られない。もしくは相手の気持ちを失うだけ。

「あの、笑わないって言ってください」

「いきなり、どうしたんですか」

「いいから！　絶対に笑わないって約束して！」

かなり強引な流れになってきた。テオドアも微妙な顔をしている。

(呆れたかな。鬱陶しいかな。――嫌われちゃったか)

背中に隠していた、しわしわの画用紙をテオドアの前に広げた。

「これは？」

「ここに来て初めて描いた絵です。すごく素敵な、すごくカッコいい人に会ったから、忘れないようイラストにしてみました」

「なるほど。この線がたくさん描かれたのは……」

「これは、その人のことを想って絵にした自分が、なんだか滑稽でバカみたいだなぁって思ったし。あと、恥ずかしくなったから」

「恥ずかしい？」

「――誰かのことを考えながら絵を描いたのなんて、初めてだったから」

恥ずかしい。話の内容も恥ずかしいが、こんなことを告白している自分が、ものすごく恥ずかしい。顔が熱い。きっと茹でダコだ。

でも。自分の気持ちは、ちゃんと言わなくちゃ駄目。恥ずかしくっても、ぜんぶ曝け出さなきゃ駄目なんだ。

「だから最初から言うと、この学校に来て初めてテオと会って、すごくカッコいい人に会ったなぁって、思い出しながら描いたけど、恥ずかしくなって、ぐしゃぐしゃにしたんです！　王子さまみたいにカッコいい人は、テオドアです！」

一気に吐露すると、大きな溜息が出た。

言った。……言っちゃった。

ドキドキしながらテオドアに視線を向けると、彼は何も言わない。というか。

沈黙しているのだ。

漫画みたいに『シーンッ』て擬音が、文字で表現された場面みたいな静寂だ。

自分でも恥ずかしい。いや。恥ずかしさを通り越して、逃げたい。

接触恐怖症だとか過去の傷とか、さんざん心配させていた自分が、会ったばかりの、名前も知らない人の似顔絵を、うっとり描くとか。

ものすごく、ありえない。

こめかみに汗が、だらだら流れる。もう、駄目だ。やっぱり逃げよう。

いま凍りついているのと、未来の自分が居たたまれないのと、どっちかを選べと言われたら、迷いもなく凍りついた空気をなんとかしたい。

蓮來がベッドから立ち上がろうとした、その時。彼のほうが椅子から立ち上がる。

「祝福のキスを、してもいいでしょうか?」

「は?」

「きみの絵が旅立つ、祝福のキスです」

「あー……、はい」

緊張のせいで、間が抜けた返事をしてしまった。

だが祝福のキスなんて蓮來の日常生活では、ありえなかったから仕方がない。

キス。昼間なのに。ドアに鍵もかけてないのに。いや、夜で鍵がかかっていればいいのかというと、そうでなくて。

(こういう時、なんて言ったらいいのかな)

どう答えたら、スマートだろう。笑顔でオッケーと言うべきか。それとも映画みたいに、目を閉じて顎を持ち上げるとか?

そこまで考えて、くじけそうになる。どれもこれも、無理すぎる。

(ぜんぜん自分のキャラじゃない。だって最近まで、接触恐怖症だったし!)

まったくもって、バカバカしい悩みだ。

テオドアとはキスをしたり、抱き合ったりしている。ただし、普通の恋人同士より頻度は少ない。でも、やることは、やっているわけで。

（それなのに、何を迷っているのだ！）

「ど、ど、どうぞ！」

なぜか、清水の舞台から飛び下りるような、悲愴な声が出た。どんなにキスをしても、やはり触れられる時は緊張するのだ。

しかし、キスは降ってこない。恐々と薄目を開くと、真面目な彼と目が合った。

「そんな困った顔をさせるつもりではなかったのですが」

「え？」

ポカンとしてテオドアを見ると、彼は笑っていた。

「親愛の情を込めたキスが、したいと思ったんです。やはり、慣れないでしょうか」

その言葉を聞いたとたん、顔が真っ赤になるのがわかるほど、熱くなった。

（あ、そうだ、キスってキスか。キスだよね。キス。キスキスキス）

当たり前のことを、今さら何度も反芻する。中学生より世慣れていない。

恥ずかしい。ものすごく恥ずかしい。

決意をして顔を突き出した自分は、控えめに言ってバカみたいだった。意識しすぎる自分は、思春期の中学生みたいで情けない。なんだか、泣きたくなってきた。

「失礼」

とつぜんテオは蓮來の手を取ると、その指先に、唇で触れた。

そして愛おしそうに、自らの頬を蓮來の甲に押しつけてくる。

「怖がらせて、ごめんなさい。今は、これで充分です」

そしてテオドアは顔を上げ、宝石のような瞳で蓮來を見つめた。自分なんかと違う、とても澄んだ眼差しだった。

自分はキス一つで心臓バクバクさせて、テオドアは、こんなにも清らかな瞳をしている。恥ずかしい。さっきよりも、ものすごく恥ずかしい。自分は邪念の塊だ。

思い詰めた蓮來が顔を上げた、その時。

ぽたり。

「え？」

一滴の雫が頬を伝い、着ていたシャツの襟元を濡らした。

なぜ水滴？　と思ったら、ボタボタ落ちてくる。

「え？　え？　えぇえ？」

驚いて声が出る。だって、まったく予期していなかったことが起こったからだ。

人は泣きたくなってきたと思っただけで、泣けるものなのか。そんな自由自在な蛇口があるものか。もうこれ、絶対に嫌がっていると思われる。

「ち、違う。違います。そうじゃなくて、いや、違うんです！」

興奮すると、つっかえる。涙は新たな涙を呼ぶ。

(うわーっ。もうやだーっ。ぜったい誤解されてるよ！)

テオドアが好き。大好き。

だから誤解されたくない。かっこいいところを見ていてほしい。いつも、そう考えている。それなのに。どうしてこうも駄目なんだろう。

涙がさらにあふれてきて、シャツの袖で拭おうとした。すると。

「泣かないで」

テオドアがそっと抱きしめてくれて、蓮來のこめかみにキスをした。

仔猫がお母さん猫に舐められているみたいな、優しくて慈愛に満ちたキスだ。

「テオ……」

「きみは、どうして私の心を揺さぶることばかりするのでしょう。きみが小悪魔で、私が動揺するのを楽しんでいるなら、納得できますよ」

小悪魔と言われて、目を見開いた。すると隙を狙ったように、眦に、またキスされる。

熱い舌先が眼球に触れる。

淫靡で、身体が震えるようなキス。いや、くちづけだ。

「あ、テオ、テオ……っ」

「またそんな、淫らな声を出す。きみは男をあおってばかりです」

違う。そんなこと、あおってなんかない。

むしろ自分がこんなに搔き立てられているのに、彼はまったく冷静な顔じゃないか。ずるいのは、そちらではないか。

そう言い返そうとすると、いきなり唇を塞がれた。

「ん、んん……っ」

何度も角度を変えてくちづけられて、声が洩れる。そう思った瞬間、ハッとして唇を嚙んだ。今はもう、夏休みではないのだ。

「蓮來？」

いつの間にかベッドに押し倒されていた。覆い被さる逞しい身体を、蓮來はグッと押しのけた。なんとか身体を放すと、ベッドヘッドにしがみつくみたいに逃げる。

「だ、駄目です。人が来たら……っ」

途切れ途切れにそう言うと、テオドアは自分の髪に手をやった。

「確かに、……確かにそうだ」

低い、絞り出すような声だった。だが、彼は自分を律した。

当然のことながら、バロウズ校での同性愛行為は厳禁。バレたら謹慎は当たり前。それどころか、退学にもなりかねない。

「きみを怯えさせてしまった」

そう言って手を伸ばしてくる。涙に潤んだ瞳で見上げると、テオドアはどこか苦しそうな顔で蓮來を見た。

「ロミオとジュリエットの中の台詞で、こんなのがあるのを知っていますか？　ジュリエット、きみはぼくの太陽だ」

その言葉に目を瞠ると、彼は愛おしそうに同じ言葉を口にする。

「愛しています。私のジュリエット。私の蓮來。私の太陽。この気持ちを、どう表したらいいのかわからないぐらい、きみが愛おしい」

そう囁かれて、身体中に震えが走った。

こんなにも人に求められた経験が、一度もなかったからだ。

「ぼくも……」

知らずに声が洩れる。蓮來はテオドアに近づくと、彼の手を取り、その指先にキスをした。先ほど彼にしてもらったのと同じように。

「愛しています。ぼくのテオドア。でも、あなたはロミオじゃない。ぼくもジュリエットじゃない。ぼくたちは死んで思いを遂げるなんてしない……っ」

蓮來の言葉に彼は驚いたように目を見開いた。そしてすぐに、ぎゅっと抱きしめてくるが、一瞬で身体を放される。

「そうですね。私たちは、悲劇の主人公じゃない」

「はい」

「死ぬことでしか結ばれない二人ではない。私たちは、生きている」

「はい……っ」

それから笑って、もう一度キスをした。

「だいすき、テオドア。……だいすき」

「はい。私もです」

そう言って顔を見合わせ笑ったその時、部屋の扉を叩く大きな音がした。

「蓮來すまない、開けてくれないか」

その声に二人は、立ち上がった。慌てて扉を開けると、そこには大荷物を廊下に置いたリオンが、うんざりした顔で立っていた。

「リオン、おかえり！　っていうか、どうしたの、この荷物」

確かハウスを出る時は、小さなスポーツバッグ一つだった。しかし今の彼は、長期旅行に使うような大きなトランクを二つも持っている。

「父と母それぞれから一個ずつ借りてきた」

「こんな大きなトランク、初めて見た。でも、どうして？」

「祖母の世話している畑を、入院騒ぎで放置していたんだ。そうしたら見舞いに行くたびに病床の祖母が、私のジャガイモがとか、キャベツがとか言って泣くんだよ。慌てて畑の収穫をしたけど、家では食べきれない。だから持って帰ってきた」

この大荷物は、ぜんぶ野菜だというから驚きだ。

リオンはトランクを部屋の中に入れようとしているから、その手伝いをした。

「でも、この野菜をどうするの？」

「あとで食堂に持っていくよ。腐らせるよりマシだろう。ああ疲れた。シャワーを浴びてすぐにでも寝たいぐらい……うわぁあっ！　テオドア、失礼しました！」

大きな声で叫ぶと、リオンは直立不動になった。たとえハウスの自室だろうと、下級生は上級生に敬意を払わねばならない。

「やぁ、リオン。おばあさまのお見舞いだったそうだね。ご苦労さま」

慌てまくる哀れな下級生に比べて、最上級生は動じていない。むしろ優雅な表情を浮かべて、リオンを迎えた。

「ありがとうございます！　祖母は順調に回復しております！」

「それは喜ばしいことだね」

「ありがとうございます！」

緊張からか、ありがとうございますが連呼される。リオンが気の毒になった蓮來は、テオドアを連れ出そうと思った。だが、当の彼の言葉で声が止まった。

「蓮來。この絵を私に譲ってもらえませんか」

彼が指し示しているのは、例のぐしゃぐしゃに線を書いたあと補正した、例の絵のことだ。いくらなんでも、人にあげるものではない。

「テオにあげるなら、ちゃんと描きます」

「ありがとう。それはそれで喜んでいただきますが、私はこの絵が欲しいです」

「えええー。これぇ?」

「はい。これです」

あくまで譲らない姿勢のテオドアに困惑していると、リオンが肘で突いてくる。

「いたっ、なんだよ」

「しっ。こんなイタズラ描きを、欲しいと言ってくれているんだ。差し上げろ」

「イタズラ描きって、ひどくない? これ、補正はしたんだよ。……汚いよ」

リオンの言葉に戸惑っていると、優しい声がした。

「私はこの絵が、どうしても欲しい。蓮來、お願いします」

頭を下げられて、隣にいるリオンが慌てた。それも当然で、パブリックスクールにおいて総代は絶対なのだ。長年この学校にいるリオンは、それを熟知している。

「蓮來、イエスと言え!」

ひそひそ声だが、ものすごい迫力に満ちた横やりに負けて、頷(うなず)いた。

「本当にこんなのでいいなら、……どうぞ」

根負けした感じだが、もうこれ以上リオンからかけられる圧に耐えきれなかった。

「ありがとう」

そう言って微笑(ほほえ)んだその顔は、少年のような、すごく初々しさだ。

「あ、ぼくは野菜を食堂に持っていきます。どうぞごゆっくりなさってください」

何かを感じ取ったのかリオンはそう言うと、床に置きっぱなしだった大きなトランクを持って、部屋を出ていこうとする。

「リオン、ぼくも手伝うよ」

「いいから。きみはテオドアと一緒にいたまえ」

迫力ある顔で言うと、彼は敬礼して部屋を出ていった。蓮來は部屋に戻り、もう一度テオドアに訊(たず)ねる。

「あのー、本当にこれを差し上げても、いいんでしょうか？」

「もちろん。こんなに嬉しい絵は初めてです」

「そうですか……。すごく照れくさいなぁ」

クリアファイルに入れた絵を渡すと、蕩(とろ)けそうな微笑みを向けられた。

「一生の宝物です」

そう言うと、彼は蓮來の髪にキスをした。

「テオ……」

「ありがとう。きみに何かお礼をしたいです」

嬉しくてたまらないといった顔で言われて、目を奪われる。

本当に困った。彼の表情は、とてつもなく魅力的だからだ。

「お礼なんて別に……」

そこまで言って、ハッとする。

お礼はいらない。それよりも、頼みたいことがあった。

「あの、じゃあこれからは、ぼくをジュリエットって呼ばないでください」

この突飛な申し出に、当然ながらテオドアは驚いた表情を浮かべた。

「それがお礼になりますか？　……私にジュリエットと呼ばれるのは、苦痛だったんですね。それほど嫌だったのに気づかなくて、無神経なことをしました」

頭を下げられて、そうじゃないと慌てて両手をバタバタと横に振った。

「違う！　嫌じゃありません！　ジュリエットって呼ばれるのは、ちょっと気恥ずかしいけど面白かったし……。呼ばないでって言った理由は嫌だからじゃなくて」

この複雑な心境を自分の英語力で、ちゃんと説明できるのか。戸惑ったけど、丁寧に説明しなくては、誤解されてしまう。もう、すれ違うのは嫌だった。

「えーと、ええと、あのね。ジュリエットは悲劇のヒロインでしょう？」

「え？　ええ。それはもちろん……」

「だから、その名前で呼ばれるのは嫌じゃないけど、なんか違うって思って。ぼくはテオと出逢えて幸せしか感じていないから、ジュリエットじゃないです」
「蓮來……」
「テオと一緒に生きることができて、幸せなんです。生きていて嬉しいって思……」
最後まで言い終わらないうちに強い力で抱きしめられ、部屋の鍵のことが気になった。
でも、抱擁がすごく気持ちがいいので、されるがままになる。
さよなら、ジュリエット。改めて可哀想な少女のことを想う。
愛する人と死ぬことでしか幸せになれなかった悲しみの主人公、ジュリエット。
でも彼女は、それでいいのだ。だって未来永劫、好きな人を独占できるのだから。
さようなら、悲劇のヒロイン。さようなら、可哀想な人。
ごめんね、ぼくは幸せになる。
愛する人と手を繋ぎキスをして抱き合って、ずっと笑って生きていく。
これが、ぼくらの幸福です。

end

あとがき

今回もお手に取ってくださり、ありがとうございました。平身低頭の弓月です。

蓮川愛先生にイラストをお願いできるキャッホー！　と大喜びでしたが、前作の続編にするべきか悩みました。前作は大円団で終了しているからです。ネタはあるけど、続編は野暮？　蛇足？　無粋？　悩むわたくしに、神が天啓をくだされました。

『愚か者よ。燕尾服が見放題のパブリックスクールを、なぜ書かぬ』

ウォーターーッ‼（二回目）

燕尾服。過去の自著に、むやみやたらと出る燕尾服。格式美と様式美が、むせっ返るほど詰まった燕尾服。みんな大好き燕尾服。

自分で書けば、燕尾服が死ぬほど見られるじゃん！

――――この教養のない発想に、一人で大喜び。アホですか。アホですね。

蓮川先生、今回もすばらしい作品を、ありがとうございます。そして、わたくしの燕尾服萌を叶えてくださって、ありがとうございました！

担当様。シャレード文庫編集部の皆様。いつもお世話をおかけしております。

担当様は常に的確なご指摘をくださり、感謝しかありません。いちばん最初の読者である担当様の「面白かったです」をいただくと、レッツ小躍りです。

営業様、制作様、販売店様、書店の皆様。わたくしは自他ともに認めるダメ人間ですが、皆々様の支えのお陰でお仕事をいただいています。感謝の想いを細かく書くと、どうして遺書みたいになるのかな。それはさておき今後とも、よろしくお願いいたします。

読者様。今回もお手に取ってくださり感謝です。皆様からのリクエストを参考にしたいと思いつつ、いつも自分の萌が優先で、すみません。でも毎回あとがきに書いていますが、お世辞でなく読者様が心の支え。いつもありがとうございます。

それではまた次にお逢いできることを、心から祈りつつ。

弓月あや　拝

本作品は書き下ろしです

弓月あや先生、蓮川愛先生へのお便り、
本作品に関するご意見、ご感想などは
〒101-8405
東京都千代田区神田三崎町2-18-11
二見書房　シャレード文庫
「パブリックスクールのジュリエット」係まで。

パブリックスクールのジュリエット

2021年9月20日　初版発行

【著者】弓月(ゆづき)あや

【発行所】株式会社二見書房
東京都千代田区神田三崎町2-18-11
電話　03(3515)2311[営業]
　　　03(3515)2314[編集]
振替　00170-4-2639
【印刷】株式会社 堀内印刷所
【製本】株式会社 村上製本所

ISBN978-4-576-21132-9

https://charade.futami.co.jp/